アララ

平塚景堂

編集工房ノア

「アララ」目次

表紙画　平塚景堂
撮影　西村浩一
装幀　森本良成

アララ

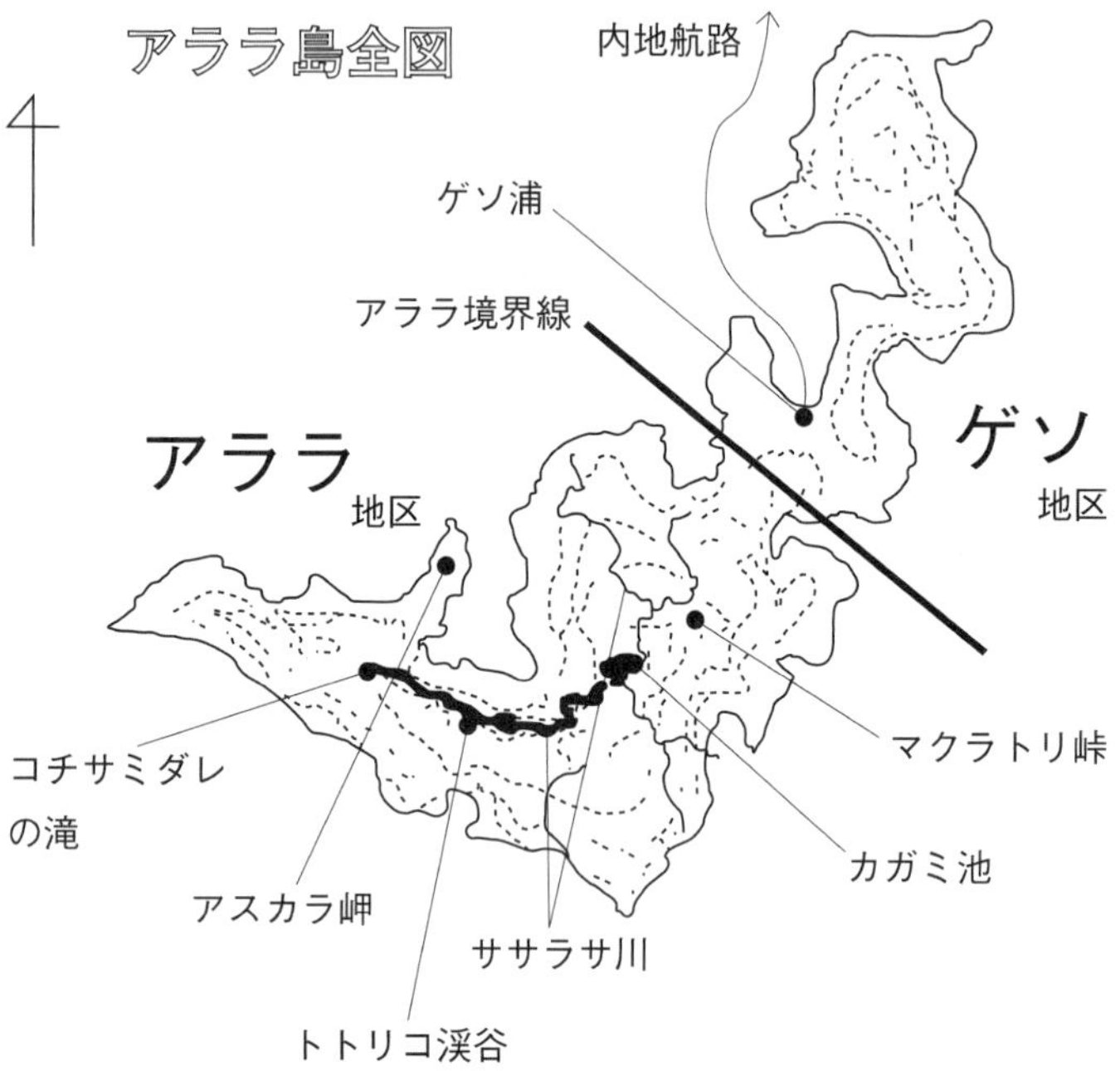
アララ島全図
内地航路
ゲソ浦
アララ境界線
アララ
地区
ゲソ
地区
マクラトリ峠
コチサミダレ
の滝
カガミ池
アスカラ岬
ササラサ川
トトリコ渓谷

――「ただ一人の少女が走り回っている」　吉岡実『アリス狩り』

小序

メルヘンを正しく書くために、私は人生の空しさ、つまらなさと正面から向き合うこととなった。その結果、予測に反して、この物語は紙に書きつけることなど徹底できないことを知った。

私はガラス板を買い、錆び釘でもってキリキリと不快な音を立てながら、この物語を書かざるを得なかった。

その不快音は、耳の奥底に眠るあらゆる夢を破壊した。それが現実を焼き尽くすメルヘンの真正な姿だと、確信した。

とはいえ、嘘で固められたこの物語が、何処でどのように読まれるべきか考えたとき、その余りな無意味さに圧倒され、結局誰ひとり読む者もないという予測に圧倒され、書きかけたガラス板を何枚も踏み破ったのだった。

幸い、この物語の登場人物が私より幾倍も忍耐強かったから、彼らが私に書き継ぐ勇気を与えてくれた。

特に、私が深川門前仲町のコカ・コーラボトリング倉庫の前を通りかかったとき、ほとんど不意打ちにトリトビノウミヤマという言葉が降って来たことがすべてを決したのだった。

その日、私は深川図書館に行くべく炎天下を呆然と歩いていた。人けのない午後だった。

突然、抜けるような真夏の空から、「トリトビノウミヤマ！」という声が聞こえて来た。

その瞬間、私にあっては全霊をもってこの物語の顚末が受容されたのだった。

そのことを、そのことだけを唯一の出発点として私はこのとりとめのない物語を、ガラス板に書き付けるべく、何度も挫《くじ》けそうになりながらその年いっぱい部屋に閉じこもった。

ガラス板は富岡八幡宮の大崎ガラス店から、錆び釘は裏の物置から調達した。

1　星のかけらほどの好奇心

古座江町《こざえ》は、古浦《こうら》地区、下座《げざ》地区、若江《わかえ》地区の旧三か村と離島・荒羅《あらら》島の四つの地区で成り立っているが、人口数としては充分市制を敷けるにもかかわらず、今日なお町《ちょう》であり続けているのは、ひとえに荒羅島が、県からわずかな交付金で管理委託された特別区という重荷であるからだった。このことは歴代町長の財政課題として引き継がれてきたが、現町長に至ってにわかにこの問題がぬきさしならない事態になろうとしていた。

現町長奥浜牛麿は、とりあえず古座江三地区と荒羅特別区とを切り放すべく、養殖事業の拡大や温泉スパーランド建設等の展開によって町財政を充実させ、離島問題を財政から文化行政へと転換しようとした。つまり荒羅、通称に従えばアララ島を古座江町の歴史的精神文化遺産と位置付けることによって、他に類を見ない古座江町の魅力を引き出そうとしたのである。しかしそれは一方では微妙な難問を孕《はら》んでいた。アララ島が観光化されるという問題である。県によってアララ島の観光資源性が再認識され、大規模な開発が行われるというリスクだった。それは絶対に避けるべき事態ではあるが、その膨大な利権が悪夢となって町民・県民に蔓延したとき、アララ島はその歴史的意味を失うのである。つまり、牛麿町長はドロドロとした現実問題と非現実的なアララ世界とのドタバタ喜劇をすでに見通していた、といっても過言ではない。

牛麿町長のこうした繊細なヴィジョンに対して、町議会の反応は冷たかった。もともと牛麿町長はよそ者で、噂では全国各地で職を転々としてのち、当県下に流れついて何かの縁で前町長と知り合い、あれよあれよという間にひとり娘の婿養子におさまった逆玉男なのだった。

牛麿町長は虫麿と陰で呼ばれていた。町のやっかみと彼の太い眉とがあいまって、毛虫のイメージを喚起したに違いなかった。

にもかかわらず前町長の死後、彼はすんなりと町長のポストに就いてしまった。それは前町長の娘、つまり牛麿の妻である沙都《さと》が、ずっと古座江町民のほのかな憧れのひとだったからであり誰ひとりとして彼女を傷つけ悲しませたくなかったからだった。

長い間、なぜ沙都が牛麿を受け入れたかが町全体の謎だった。その静かな謎は、実はこの物語の謎でもあり、いまだに誰ひとり解けずにいる。

牛麿町長のボーリングは半ば成功した。二十度程の冷泉が出たのである。しかしこれをボイラーで温め、隣町の造船工や釣り客や善証寺の参詣人や小金をためた地元老人やらの気を引くには、まだかなりの難問が山積していた。それに県随一の名刹、善証寺の本尊、薬師如来にあやかって「薬師スパーランド」と命名したことが、住職源白和尚をひどく怒らせたことも失速の一因であった。

そんな頃、町長夫妻にちょっとした異変があった。子のない夫妻が何処からか養女を迎えたのである。この少女も牛麿と同様、何処から来たか誰も知らなかったが、噂では奥浜家と遠縁であるらしかった。名を希和といった。まれにみる愛くるしい少女だった。

奥浜の遠縁ならややこしいことになる、と言い出したのは善証寺の隠居おしな婆さんだった。「虫麿は何かたくらんでおるぞい」と警戒した。

希和は地元の中学に編入し毎日元気に通学していたが、ある日その下校途中をおしな婆さんにつかまった。

「おまぁ、何処から来たんね」

希和は悪びれずにニコニコと婆さんを見つめていたが、質問には答えなかった。

「うち、行きたいとこあるんやけど」

「行きたいて、便所か」

「ちゃうわ。アララ島へ行ってみたいねん」

おしな婆さんは、口から臓物が飛び出すほど驚いた。

「アララ島へ行くってか。うにゃ、そりゃでけん相談だゃ」

「あ、そう」希和は気にするでもなくスキップしながらあっさりと立ち去った。

このささやかな立ち話に尾ひれがついて三地区を蹂躪したのは、それから間もなくのことだった。

古座江町は、古浦地区が町役場を置く最も中心のオフィス地区で歴史も古く、格式も高い。その下《しも》に位置するということで下座地区があり、若江地区は下座地区よりずっと新しく、江戸初期に開墾された新田地で今日《こんにち》なお町議会議員を出せていない。

いずれにしろ、この土地は漁場と耕作地に恵まれた豊かな地域だったが三方山が迫り（善証寺もまだ奥山の修験場だった）、街道からもはずれて、交通が開かれるまでは長いあいだ同族婚をしてきた関係上、ときおり遺伝子の混乱をきたし、障害を持った子が生まれた。

古文書では平安初期くらいからちらほら確認できる因習だが、この村ではそんな子たちを神の子とみなし、子が乳離れをすると古浦の白神《しらかみ》大社別宮《べつみや》の神児《かみこ》（養子）として委託し、それが神の子として認知する意味を持った。宮司は、その子を浜の波打際に連れ出し、波にその頭を浸し洗いながら、破魔矢でもって海面を三度打った。そのとき「三度下《くだ》らく、アララオ・アララメ。安座本座の位《くらい》に就《つ》かする。ことごとくアララが島に集《つど》いたまえ」と言うのである。（意味はよくわからないが、古座江町の氏神神社である白神大社別宮の例大祭には今もこのミコトノリをあげている）そののち、子供はアララ島へ送られた。

送られた子は二度と親もとへは帰らない。その島で神の子としてゆったりとしたまったく別の生涯を送ることになる（神の子だから）。従ってこのアララ島を歴史的に管理してきたのは白神大社別宮で、島と内地を行き来する神職を島太夫といった。島太夫は別宮の神人《じにん》（正式な神官ではない俗人）で代々受け継がれていて、今日《こんにち》もこの職はアララ島に深く関わっているが、昔の権威は無論いまは失われている。それには理由があって、かつてアララへ神の子として送られた者たちはアララびとあるいはアララ一族といわれ、アララ島のあちこちに定住しているが、島の奥地へ入ったアララびとに関しては、その実態がほとんど分かっていないのである。原始王制のようなものを敷いて一族を従えているという情報もあった。つまり、島太夫の実質職権はアララ島渡航許可権くらいで、全島に及んでいるわけではなかった。

現代にあって、県はこの島の行政的管理を古座江町に委託しているが、戦後の民主主義的観点から、県地域振興政策によってこの島の様々な調査が行われてきた。その結果、県は島の北半分の外所《げそ》地区に、ゲソ地区事務所と公民館を設け、町に運営委託した。また、幾度となく専門の福祉士を派遣してきた。そして、何ひとつ成果が上がらなかった。

アララ島はその大半が原生林に覆われた巨大な離島である。行政的には県の離島管理の一端に過ぎなかったが、土地のひとにとってはあくまでも神の島でありサンクチャリ（聖域）であったから、アララ島の開発については、県と町との統一見解はなかなか見いだせなかったのである。アララ島は様々な問題を抱えながら、渡航制限をかけつつなんとか島の現状を維持してきたのだった。

そこへ町長の娘希和が、いとも軽々しく「うち、アララ島へ行ってみたいねん」と、こともあろうに善証寺の隠居婆さんに言ってしまったのである。

この娘の真意はいったい何なのか？　それこそ、単なる思い付きと好奇心なのか、あるいは牛醤の新たな事業の始まりなのか、例えばアララ島をボーリングしてさらなる一大スパーランドを企画しているのか、あるいは……ほとんど出尽くすだけの議論が毎夜、善証寺においてたたかわされた。その結果、危うく町議会にかけられるほどに沸騰したのだったが、さすがに議長の裁量で取りやめになった。そのときの議長の発言は「待ちや、たかが小娘ひとり島へ渡ったからて何だっちゅうな」だった。議長にふさわしい冷静な発言だったたと、しばらくは評判になった。

希和のこの星のかけらほどのささやかな好奇心を今から手繰《たぐ》ってゆかねばならない。理不尽な物言いをあえてするなら、読者の好奇心を希和のそれと混同しないで頂きたいということである。事は、ひとつ間違えば荒唐無稽な絵空事《えそらごと》になる。メルヘンは絵空事と同義ではない。しかも、ここではメルヘンは常に大人の干からびた常識と並行し、決して交わることがないのだ。これは大人のための娯楽小説ではない。子供のための教訓話でもない。いかなる読者層も想定し得ないメルヘンなのである。

さて希和は、養父牛麿の手配によっていとも簡単にアララ島への渡航が許された（当然、島太夫の伝統的権威は無視された）。

牛麿はある夜、希和の耳に口を押し付けるようにして言った。

「おまえは、嫁に行くんだな」

希和は身もだえして言った。

「誰に？」

「おまえを呼んでいる男にさ」

しばらくの沈黙があった。

「うん、わかった」

「十年先か、あるいは二十年先か、あるいは明日かもしれんよ」しかし希和は眠くなってそのまま寝てしまった。

2　謎の少女　謎の島

トリトビノウミヤマが「クエー！」と叫びながら、アララ島北端の断崖から身を投げたとき、彼はその名に恥じない真に勇気ある《鳥の王》となった。

夕映えが、岩に砕け散る波を血の色に染めていたが、彼の体は海面すれすれで見事に上昇し、そのまま金いろの潮風に乗って滑空したのだった。

トリトビノウミヤマはゲソ地区の公民館内施設で鳥の剝製《はくせい》を作る仕事に従事していた。常から垢に汚れたシーツをマントのように背負い、早くに成長が止まってしまった短軀ゆえにそのボロ布を地べたすれすれに垂らしていた。施設員が見かねてマントをたくるように指示すると、彼は胸を張って答えた。

「わたしは鳥の王だから」

彼の二十畳ほどの作業部屋は、みじめなほど解体された鳥たちの死骸と、原型を留めぬまでにこねくり回されたその剝製とが散乱していた。部屋は異様な臭気に満ち、空気は土気色に淀んでいた。

とはいえ、彼はゲソ地区では最も従順温和な住人であった。それは内地からの人間とまともにわたりあえる数少ないアララびとということでもあった。何がしかの教養もあり、島の情報を「アララ島だより」として出す仕事も任されていた。

問題はトリトビノウミヤマが紛れもない《鳥の王》だということだった。ゲソ地区のアラびとで彼に匹敵する高貴な血統はほとんど見当たらなかった。王族としての誇りを持ち、その誇りを、天空を翔けるオオミズナギドリの雄姿になぞらえて憚《はばか》らなかった。

だが、彼は〈思いぞ屈せし〉男でもあった。気高くまっすぐな心とバラの根のように曲がった背骨との葛藤が、人生の中心にドッカと腰を据え、テコでも動こうとしなかった。にもかかわらず彼はいつの日にか鳥の王として地上を遥か離れ、母なる大地を離れ、この島のすべての歴史を鳥瞰《ちょうかん》すべく、期の熟すのを待っていたのだった。

その時が来た。

ゲソ地区事務所で、松蔵島太夫の「キワっちゅう、町長の娘が渡ってくるぞい」と言うのを聞いたとき、トリトビノウミヤマはほとんど息が詰まるほどに直感したのだった。

「優れて賢い子か？」

「はぁて……」

「ほとんど美的なんだろうか」

「はぁて……」

トリトビノウミヤマは汚いシーツのマントを幾度もさすった。彼が心震《ふる》えるときの癖だった。

「キワって、どんな字書くのだろうかね」

「知らんに」

「そう、そうか。知らんのはいいことだった」

公民館内施設係の関口が、トリトビノウミヤマが途中で投げ出した剝製の鳥の中から、手を加えれば何とかなりそうなものをみつくろって、松蔵島太夫に渡した。

「頼むわ、松っさん、これで内地の林さんに泣き付いてくれんだろうか」

「ふところが淋しいかや」

「ああよ、施設は誰っちゅうてまともにゃ稼《かせ》がんから、ちょいとピンチだわ」

「あんたの給料はどうなんな」

「おれはいいのよ。この島の調査が出来ればさ」

「調査だってや、とことん駄目さな」

トリトビノウミヤマは、関口施設係が松蔵島太夫に差し出した数点の剝製をじっと見ていた。そして言った。

「この剝製たちは、今日のところは渡さんでくれたら有難い」

「何故かね」と関口施設係が訊いた。

「連れてゆくのだから」

「何処へさな」と松蔵島太夫。

「キワが渡ってくるのだから、その折にはこれらがみな、正しく迎えるのだ」

「会いもせで、小娘に惚れたりしたがいや」松蔵島太夫がひやかした。

トリトビノウミヤマはさっと頰を紅潮させて、すぐにと青ざめた。

「とうとう、いい風になった。期せずして時至れりだ」

ぶつぶつ言いながら、彼は部屋を出ていった。そして間もなくして、あのアララの北断崖から身を躍らせて、トリトビノウミヤマは名実ともに《鳥の王》となったのだった。

トリトビノウミヤマが鳥の王となったのはアララ島が新しい息吹に満ち始めたことをも意味していた。謎の少女希和が渡航便に揺られてゲソ地区の船着き場にたどり着いたとき、明らかにアララの上空はさんざめき、海鳥たちの翼も輝いた。

トリトビノウミヤマはオオミズナギドリの姿で、ビロージュの繁みから彼女を何度も見ることができた。

希和は、うす水色のブラウスにグレーのスカートといった清楚な身なりで、リュックを背負い頭にリボン付きの麦藁帽をかぶっていた。

まったく本能的には海鳥であったが、個人的には樹上生活を好んだトリトビノウミヤマは、多くの剝製鳥類を曳き従えて孤独な日々を送っていたが、希和が地区事務所に入るのを見たし、ゲソ地区のあちこちを訪ね歩くのも漏らさず見た。そして彼の心は次第に高ぶり震え、希和の軽やかな笑い声を聞いただけでも樹上から転げ落ちそうになった。

ついにトリトビノウミヤマは剝製鳥類たちを残したままビロージュの繁みを離れ、アララ島の中央部マクラトリ峠まで激しく上昇していった。

峠には一基の石碑が立っていた。そこには「見よ旅人よ、ここがマクラトリ峠である」と書かれていた。いまやトリトビノウミヤマは薄汚いシーツの翼をその石碑の上に休め、遥かアララ島の全容を見下ろしながら、「クエー！」と叫んだのだった。

アララびとで、希和と最初に口をきいたのは実はトリトビノウミヤマではなかった。

それは例のマクラトリ峠にずっと昔、彼の一族が住んでいたマクラトリノタロだった。

希和が初めてこの島に上陸したとき、マクラトリノタロはたまたま防砂垣のちょっとした日陰で竹笛を吹いていた。彼はテンカン持ちだったから、発作が起きるといつもこの竹笛に噛みついてやりすごした。だから竹笛の歌口は噛みあとでぐずぐずに崩れ、それを吹くと鳥肌が立つような音がした。

マクラトリノタロはしかし、いつでもその竹笛を吹きながら自分の考えを整理するのだった。何故かというと、彼は思ったことの半分も言葉に表せないひとだった。ただひとつのことを言うのに実にたくさんの言葉が動員されたが、彼の語彙には限りがあったから言葉はまとわりつき、渦巻き、そして力なく衰弱していった。彼の話しぶりは何かしら回想めいた調子を帯び、聞く者を幾分悲しい気分にさせた。

マクラトリノタロが浜辺で希和と交わした立ち話はこんな風だった。

「いつもお月さんの光浴びて立っているとな、寒くなるんだけどな、ほんとは昼間にお陽さんの光浴びても寒くなることもあるよ。おれはテンカン持ちで、発作が来るときは寒くなるな。来たなって思うとこの竹笛齧るのだけど考えてみりゃ、あんたがあっちの沖に見えたとき、発作来そうで竹笛噛んだんだけど実は来なくて、おれ喜んで竹笛吹き続けたら、あんたが浜あがって来たが、笛の音聴こえたかな」

「鳥肌が立った」希和はにっこり笑って言った。

「いつも笛吹いているわけじゃないな。シモノクロヒトヒの畑で石灰撒《いしばい》いて、それであんまりくたびれると浜へ笛吹きに来る。石灰撒いてるときも腰に笛さしてずっと気にしてるんだ。今日はあんたが来るって胸騒ぎがして、浜で笛吹いてたらあんたがあがって来た。そいで、やっぱしなって笛にも言ったしな」

これだけしゃべって、実は「噂に聞いた内地からの娘さんだね」と挨拶しているに過ぎない。物悲しいことであった。


希和はマクラトリノタロと別れてから地区事務所に顔を出したのだが、事務所の地区長は簡単な書類を彼女に見せ、事務的に〈承認〉の判を押した。

「なに、決まりだから。町長さんの娘さんにゃ失礼だってウチの奴は言うんだが、決まりだから。ほれ、パスポートに判を押すひとね、あれだや。本気じゃないんだ。悪気じゃないからね」松蔵島太夫も口を添えた。

「町長さんの娘さんに判押すという前例はない。戦前はここいらはゲソ浦っていっとったが、その頃はもっと大っぴらだったね。戦後に地区指定されて内地から地区長さんがおいでになって、いろいろと書類が増えたんだいな」あわてて地区長が言い足した。

「自分らもいい気持ちはしていない。だがよ、行政だから」

希和はもういち度、承認と判を押された書類を見た。驚いたことに、添付された島の地図は立ち入り禁止の地域が赤の斜線で塗り潰されてあったが、その地図は真っ赤であった。

「あら、これじゃ何処も行けへんわぁ」

「なに、この赤の部分は行ってもしょうがないという意味ですよ。あまりお勉強の足しにゃならんという意味ですよ」松蔵島太夫が口添えした。

「こん島は随分と変わったですよ。新聞やらテレビやらが島をウロチョロするようになって、そんなこんなで行政が気を使ってな」

希和は先ほどから黙っているもうひとりの男を見た。施設係の関口だった。関口はややぞんざいに「施設預かっとる関口いいます。お嬢さん、トリトビノウミヤマが作った剝製、なんとか内地でさばけんでしょか」と言った。希和は目の前に差し出された汚い剝製に触ってみた。

「目がひとつとれてるわ」

「いいのです、未完だから。町長さんにはよしなに言って頂くと助かるんですわ。いや、おれの給料はかまわんのです。ここの施設は町の支援が命の綱ですきに、その綱が今や細糸ですわ」

「それに」と地区長が言った。

「こやつは歴史家ですよ。いい青年だ。去年内地でカミさんもらったばかしなのに、こん島にひとり居座って、手当の付かない島の調査しとるんですわ」

「ほな関口さん、この赤いとこも自由に歩くん？」

「無論です」と地区長が胸を張った。

「ただし、首からほれ、身分証下げておりますでしょが。これは県教育委員会から特別に委任されたたった一枚の許可証ですわ。島んなか好き勝手に何処でも行けますよ」

希和はさっとそのカードを関口の首からはずして、自分の首に掛けた。みんなあっけにとられたが「剝製はお父さんのお土産に包んどいて」というひと言でケリがついてしまった。松蔵島太夫が言った。

「なに、関口は施設係が本業だけんに、そんなカードいらんですよ」

「きみ、いらんな？」地区長がなだめるように言った。関口にとって、そのカードは彼の唯一のステイタスシンボルだったが、町長に睨まれては何もかもおしまいだったから涙をのんだ。

「トリトビノウミヤマって？」

「ああ、それはこの施設にいた剝製職人ですがい」と松蔵島太夫。地区長もすぐ言い添えた。

「今はここを出てアスカラ岬におりますよ」希和は地図を見て「ああ、ここね」とすぐにアスカラ岬をみつけた。

「ここでどないしてはんの？」

「さぁて、トリトビノウミヤマはアララびとじゃ血統がいいから……なぁ関口、だいたいは喰っていけるわなあ」

「はい、おれみたいに少ない給料なんかアテにせんでも喰っていけます」

希和は手帳を出してトリトビノウミヤマと書き、ついでに「あすこの浜で笛吹いてたひと、何ていいますの？」と訊いた。

地区長がちょっと浜の方を見るふりをしてから言った。

「マクラトリ一族の生き残りですがい。マクラトリノタロだわな」希和はその名も控えた。

「勉強になりますなあ」と松蔵島太夫が嬉しそうに言った。そこでごく簡単に、この島の非公式調査員である関口が説明した。

「困ったことに江戸中期ごろから藩の方針でぼちぼち内地の人間が島に入りだしましたよ。無論、古座江のひとたちじゃないです。ただの喰い詰めもんや逃散百姓です。それで、アララびとたちはだんだんにこの浜から押し出されて、アスカラ岬からトトリコ谷の方へのいたのです。一族は原始王制みたいなものを敷いていたと考えられます」

希和は特に表情も変えなかったが、その一族の長の名を訊ねた。

「たぶん、今でもその直系がいると思いますが、誰も会った者はいません。アカナイワムロノヒトヒと言うんですわ」希和はノートした。

「よそから入った者たちは結局奥地へは行けず、だいたいこのゲソ地区あたりを開墾して半農半漁で暮らしを立ててきましたよ。してからに今なお、ゲソ地区住人はもとより、内地人もマクラトリ峠より奥へは行きません。行っても帰った者はおらんから。でもアララびとの何人かはゲソ地区に住み着いておりますよ。施設にも来てます」

「アララって変な名ね。ゲソ地区にいるアララびとと奥地のアララびととは、何処が違うですか？」

「まったく同じです。ただ血統の関係で棲み分けていると考えられています。それからアララという名ですが、たぶん〈あま（天）の者ら、アマラ〉が訛《なま》ったんですわ。トトリコ溪谷の奥にコチサミダレという滝があって、昔からそこにアララの王アカナイワムロノヒトヒがいると言われておりますわ。でも何もほとんどのことは分かりません」

「王様がいやはるの！」

「なに、伝説です。他愛のないメルヘンですわ」と関口がつまらなそうに言った。

希和はおおいに満足して事務所を辞した。ホッとする気配がうしろでした。

3　牛麿の孤独

古座江町を動かす三役は、町長・助役・町会議長であった。いずれも古浦から出る。しかしこの三役は表向きであって、ほかに影の実力者がいた。古浦の網元・網勢《あみせい》と島太夫頭《だゆうがしら》・乙吉《おときち》と蔵持《くらもち》・徳斎翁である。この三者は決して表舞台には出ず、〈上方《オカミ》〉とも呼ばれる隠然たる元老衆だった。

牛麿町長は歴代で初めて、この〈オカミ〉を軽視する町長だった。そこに彼のよそ者としての自由と孤立があった。まず牛麿の〈オカミ〉への批評を聞こう。網元に対しては、

「網勢は、近年さすがに力が落ちよった。跡取りはサラリーマンになったあげく嫁に玉抜かれて潮の流れひとつ見分けられん。なぁ助役さん、ここは腹くくってくれや。あんたも網勢の身内だわな。実情は百も承知だろう」助役は立場上、確答を控える。

「いいですがい。はた、町長さんが網勢に身ぐるみ剝がれたときゃ、見舞いぐらいさせてもらい、おまっしょか」

島太夫頭に対しては、「何か、風邪ひきかけたカラオケ老人じゃわな。人気もんかしらんが、あんたも大概は食傷しとるんじゃろ。ここは腹くくって、島への渡航許可料のピンハネ、手加減してもらっちゃくれんかいな」助役はとぼける。

「まぁ、しきたりがこの町の顔ですかね。これをば町長が改めるのはいいですよぉ。おじゃが、乙吉島太夫頭は、アラの生き字引ですかいが、あんたが身ぐるみ剝がされたら、見舞いぐらいさせてもらい、おまっしょか」

蔵持に対しては、「この町じゅうの地所持って、田舎銀行の役員して、勝手に土地の相場変えよってからが、町の財政は泥田んぼだわ。細ヒモでもあったら助役さん、あんた夜中に忍んで首絞めてくれんかい。おてんと様も喜ぶぞ」助役は言う。

「金たらば、姿なき殺人者ですかなぁ。夜中に首絞めても化けて出ますよが。取り憑き殺されたらお香典くらいさせてもらい、おまっしょか」牛麿は原巻助役に言った。

「そんならまぁ、ぼちぼちやってゆくしかないなぁ」助役は卑屈に笑って確答を避けた。

希和の渡航に関して、島太夫頭の許可無しに強行されたことで、牛麿はさっそく乙吉島太夫頭の別邸、古浦白神大社別宮に召喚された。しきたりに則《のっと》って、牛麿は御鷹《おたか》山《やま》の滝水と清酒を持って面会に行った。

取り次ぎに出た者が、よれよれの神人衣《じにんえ》をジャージーの上にはおって「面会《めんあ》わせの儀、よろしー！」と取り次ぎ、牛麿はやや青ざめて奥ノ宮へ通った。乙吉島太夫頭とは直接会話出来ない。伝奏《てんそう》の形をとるからえらく暇がかかる。まず挨拶を決まり通り言わねばならない。

「こちらはさがり控えおり、そちらは四方《しほう》開《あ》け放ちのさかしまの枕辺《まくらべ》。神結び三度の祝いアララメク」と低声に唱える。伝奏ののち「そは、かく聴き届けそろ」と言って御簾《みす》が上がる。姿を現すのは日ごろパチンコ屋で見かけるむさ苦しい乙吉老人である。儀式が済むとすぐに普通の会話になる。ただし伝奏システムには変わりないから「(伝奏から）聞けば」という前置きが必ずあって実にうっとおしい。

「聞けば、娘の希和を島へやったそうだねか」

「なに、夏休みの遊びがてらですがね」

「聞けば、白神の社務所に無届けとだな」

「町会議長が、小娘のひとりやふたり何事かあると言うたのですよ」

「聞けば、そりゃ酒の上の発言だったと言うだねか」

「善証寺のおしな婆さんの推薦ですよ」

「聞けば、そりゃ嘘だろが」

「なに、オカミの御認可を受けるほどの大事じゃなかったからですよ」

「聞けば、こなたも反対だと知っての軽挙だねか」

「なに、オカミはパラダイスでパチンコしてたですよ。その日は出玉率のいい日でしたから、何言っても耳貸されんかったですよ」

「聞けば、牛麿。そりゃ策謀だろうがよう」

その果てしないやり取りに決着をつけるのはこのひと言だった。

「オカミがこうも度々パチンコ行っとったら、行政は回らんですよ」


次に、申し合わせたように網勢の豪壮な屋敷に呼びつけられた。田舎びた趣味の悪い庭をさんざん歩かされて玄関に着く。

「なんだい、町長さんよ。おまし島太夫頭を言いくるめて三日三晩飲み明かしたそうじゃにかい。こん野郎、ど糞壺のすれカスがよ。ハナたれ娘が色気づいて、島の若い衆に何をさらすかよう」

「網勢の。漁業協と網元のフンドシ臭い馴れ合いが鼻に付く今日この頃、あんたの倅《せがれ》は金玉の干上《ひあ》がりの、おのらのケツの穴こそ何様のちびくれ屁こき穴かよ」

ここでは、こうした古浦漁師特有の荒くれ業界言葉しか使用出来なかった。余りの荒っぽさに頭痛がしてくる。悪いことに倅《せがれ》トモ安の嫁ムメ子が茶を持って割り込んできた。

「網勢の網もボロボロですわ、町長さん。うちのトモ安はこんな稼業とうに見限って、県の方で今どきのベンチャー企業の調整やら誘致に多忙してますのんよ。こんな隠居爺さん相手にしてどうしますかい。うちのはカリカリのエリートで、パリ・ミキの眼鏡もかけてやすから、日焼けもしとらんとう、ホワイトですって」不思議に網勢の目が怯《おび》えたように曇った。嫁を苦手としている。

「町長よ、この嫁女は坊ノ崎の荒波だぁ。倅は県のホワイトだによ、おましの町役場たらひとひねりだぁ。」

「そりゃ網勢の、県もこの古座江にゃ手が出せんよ。腐ったウツボが三匹のたくってるからよう」

「この糞壺が……」と言うなり、どうしたことか網勢は奥へ引っ込んでしまった。カリカリのエリートの嫁が残った。

「ここの風習の何割かは、まあ許せますが、町長としてはオカミ制は頂けませんな」

ムメ子がソファのうえで足を組んだ。きつい顔の割に豊かな女らしい体で、それがかえって官能をそそる。

「町長さん、この町仕切っていくんでしたら、うちのトモ安とリンクですわ。うちのはきちっとヴィジョン持ってカリカリ進んでますわ。なんですか、トモ安も今度のことでは眉ひそめて、湯上りに言ったですから。あのトロ牛町長のバカ娘がこともあろうかなかろうか、島をば無断で侵犯したと県の家裁の方でもおおけに噂だよ、と。町長さん、ひと言うちのトモ安に相談かけてくれておいなったら、カリカリ書類は進んでいましたに」

「なに、県の許可証は時間の生殺しですよ。あっちは目が回るほどに手続きが入り組んでいるうえに、こんな有名無実の案件たら、十年待っても進みゃしません。それでもどこぞの部所が騒ぐのは、県はちゃんと対応しているという空手形出して、トモ安さんの顔潰さんのですわ」と牛麿は抜け目なくムメ子をおだてた。こころなしかムメ子の目が光った。

「もっともですわ。うちのトモ安はもとより事を荒立てない腹ですわ。ですから町長さんも町の事業たらトモ安とリンクしてくれにゃ、そう思いますのよ」ねばつくようなムメ子の目をかわしながら牛麿町長は腰を上げた。

「いずれにしても首長《くびちょう》の執行権が目くらましに会わんよう、気いつけましょ。この町の県・町・元老《オカミ》の三重構造に大あぐらかいて、あんたらが利権をむさぼっている限りは、もうこの古座江に未来はないですからな」

「そこまで言いますか」

「なに、トモ安さんの太っ腹を見越しての、こりゃここだけの話ですよ」ムメ子が同じパリ・ミキの眼鏡の奥でニッと笑った。

「リンクですわね」

「いや、腹と腹の探り合いですよ」

いきがかり上、牛麿は蔵持徳斎翁の屋敷も訪問した。召喚されてはいないが、どの道こづきまわされるのは明らかだった。

徳斎翁というのは蔵持が代々名乗るもので、翁といっても年齢とは関係ない。当代は五十歳にもみたない優男《やさおとこ》で、声もオネエのようにうわずる。

鏑木徳斎翁は、御鷹山の中腹に御鷹御殿を構えている。山林王として数百年の間、この地に君臨し町域の主要建物物件のほとんどを所有し地方金融の大株主であった。

牛麿は町長の軽自動車で息せき切って御殿へ上がった。

「はは、来たか。多忙の中を、こな田舎道を踏み踏み余計に大切げな用件かな」

「中元の挨拶もまだでしたから、御鷹山もろくに仰げませんでしたよ」

「はは、その町長が山道を踏み踏みご苦労ではあった。手土産まで持たせての」

いやに目の飛び出た青瓢簞のような陰鬱な顔に、不機嫌な湿り気を帯びた声、そして胡散《うさん》臭い身振り手振りが癇《かん》に障《さわ》ってしかたない。しかし腹黒い徳斎流の騙《だま》しには何度も煮え湯を飲まされていたから、牛麿もとぼけとおすばかりだった。

「秋口に補正予算を組み、議会も大方は収まって、あとは御殿のひと声待ちですわ」

「新規事業の時期ではないわな。香取ダムも国の方では中止ときいた。あなたのスパランドも先が見えてこない。ここ数年は景気動向をにらみながら昼寝を決めこみましょ」

「まぁ、よろしいでしょう。ふて寝にもそれなりの余禄がありましょうからな。でも、議会は議会だ。御殿のおっしゃる昼寝など、許されましょうかな」

「はは、田舎の議会は遊びです。実質はお金です。あなたのごとき身分の者がいくら嗅ぎまわってもビタ銭一枚拾えやしませんよ。よいですか、牛長さんな、知恵は貧乏人ほど空回りのドブ板さらいですわ。行政の何たるかは、たっぷりと資金を持ったわしら遊び人に任せるが一番でしょう」

「御冗談を。町政は町民の利益と幸福へのサービスです。親譲りの財産でしか生きてゆけないあなたがた少数のオモチャじゃありませんよ。とまあ、言ってしまっては身も蓋もない。それで今日伺ったは公債を五千万引き受けて頂きたい、とこういうわけなんですわ」

「お断りだす」牛麿ももとよりアテにしていない。

「あなたの事業は町政と県政との泥縄ですわ御殿。あなたのようにその全ての泥を被って、素知らぬ顔で世を渡るは、こりゃ小悪党の始末におえん悪ふざけですわ」

「こりゃ、何ぞえ」徳斎翁は町長の手土産をゆすった。

「風雲堂の水ヨーカンです」

「はは、カフェモランのプリンがよかったが」牛麿は用も済んだとばかり腰を上げた。

「待ちない」牛麿は、来たなと身構えた。

「アララ島は近々めでたく開発許可がおりますよ。積立予算も次年度から倍額にしてもらわんと」

「島の開発はいけません。県主導ですからなお悪い。古座江が滅びます」

「こりゃ驚いた。スパラン開発の町長にはあるまじき発言だ」

「スパラン？　それこそほんの冗談ですきに、本気にせんといてください。島に触ってはいけません」ただに青い徳斎翁の顔がどす黒いまでに青ざめた。

「網勢のトモ安が県の意向として、この徳斎めを島開発計画特別臨時委員に推薦するとの、内々の通達で、意向をばきいてきたのだわ」

「お断りください」

「県の委員たら、名誉ぞ」牛麿は無表情に徳斎翁を睨《にら》んだ。牛麿は最も怒りを覚えたとき、冷たい無表情になる。それが相手を少なからず震え上がらせた。

「島に触ると御殿の名にかかわる」

「はは、その心配はない。わたしはあくまで非公式のアドバイザーであって、決して名は表には出ない。出るのは町長、あなたの名だ。あなたが娘を島に放って、わが庭同然に駆け回らせているのが、県もすでにご存じで、これを機会に島開発の発起人筆頭にあなたの名が掲げられたということですよ」勝手にしてくれと牛麿は思った。たかが小娘の気まぐれにかこつけるとは余りにさもしい。

「それに今ひとつ付け足しておきましょう。町長夫人沙都は奥浜の直系の姫で、なかなか幼いころからこの鏑木とは昵懇《じっこん》でしたからに、先代からのそれとない打診があったのを、娘盛りを待ってということでしたが、あれよあれよとよそ者にかすめ取られて、町長の座まで奪われて、このわたしの面目丸つぶれという悲劇になったのですよ。先代町長にきつく責め置いたものの、そのままで、先代亡きあとはもはや打つ手もないというありさまだ。したが、今になってあなたら夫婦は何処やらか養女を迎え、奥浜の血がまたしても曖昧に晒されておること。誠に遺憾ではないか。さらなる身勝手は、その小娘を島へ解き放ち自由に遊ばせアララの民たちを惑わせるは、いかにもあなたの専横でしょうが」

「血が曖昧になるとは、いささか時代錯誤の感がありましょう。このグローバル時代にあって誰が血統など看板にして生きていけましょうや」

「さてこそ時分どきだわ。もう山をおりなされ」


牛麿はひどく疲れて帰宅すると遅い夕食をかきこんで、風呂につかり、先に寝室に休んでいた沙都の傍らに坐った。

「希和のことは御殿のオカミが、なかなかに腹に据えかねていたよ」

「いいのです。あの子の願いは奥浜の願いです。古座江の願いです。アララの願いです」

「まあ、そう一直線に言うな。だが、おれも少しはぐらつきそうだった」沙都は牛麿の背をさすりながら言った。

「希和は、アララの大切な姫御子《ひめみこ》です」

牛麿はそのとき、深い孤独に沈んだ。

4　青い　青いひと

アオミネヌレヒトヒは青く光るひとだった。

正確には、青くゆらゆらとたゆたう光芒のひとだった。トトリコ谷一帯にわたって、彼の姿は風向きによって移動し、そのたびにトトリコ谷をいよいよ青く染めた。それは胸を締めつけるような深く透明な青さだった。森も溪流も鳥も虫も風までも、彼の移動によって青く冴え冴えと染まっていった。

その色調が感動的に高まるのは、なんといっても谷が雨にうちけぶるときだった。雨脚はつやつやと震え、音を潜《ひそ》めたあらゆる景物が、アオミネヌレヒトヒがやって来る気配を感じ取ろうと静まり返った。

先触れはあの、さらさらという風の途惑いと、次には急に濃密になる物狂おしいまでの期待感だった。

そこへ、アオミネヌレヒトヒが瞬時に通り過ぎて、トトリコ谷はものみな青い思索に耽るのだった。

夜のとばりがおりると、彼は渓流の水面《みなも》に漂って眠った。そのときの光は白っぽくて、感じやすい花びらのようだった。

トリトビノウミヤマはアスカラ岬からマクラトリ峠にかけて、日がないち日ゆったりと回遊していたが、さすがに退屈すると意を決してトトリコ谷へ飛来しもした。トリトビノウミヤマは、アララ島奥地の原《げん》アララびとであることを、とうにやめてしまった種族だった。ゲソ地区にあって内地人と交流することで奥アララへの防波堤の役目をしつつ、自らも内地人化することを容認したのである。だからあのアオミネヌレヒトトヒほどは揮発性を持っていなかった。霊性《れいしょう》を持たなかった。しかし、鳥の王として剥製鳥類を従えて、彼は今やアララ全島を鳥瞰しているのだから、「この時ぞ」と呟き、トトリコ谷へ舞い降り、そしてすっかりアオミネヌレヒトトヒと意気投合したのだった。

以来、鳥の王トリトビノウミヤマはトトリコ谷でアオミネヌレヒトトヒと声高《こわだか》に話すことが頻繁だった。

アオミネヌレヒトヒなどは、その血統が古過ぎて、もはや人間の肉体を保持しきれずに遂に精霊となったたぐいのひとだった。アララにはほかにいくらでも古い精霊びとがいるのだった。

彼らに比べると鳥の王トリトビノウミヤマはその先祖をせいぜい五百年ほどさかのぼるに過ぎない。

とはいえ、当代のアオミネヌレヒトヒもトリトビノウミヤマも若かった。血統や格式に充分無頓着だった。だから無二の親友になったのだった。

彼らはササラサ川の河原でゆるやかな昼下がりに声高に話すことがしばしばだったのだ。

「ササラサ川の上流に、ぼくの子供のころはたくさんの秘密な岩穴があったよ。たくさんのアララたちがその中に住んでいて、物語のようだったたい。トリトビの一族はアスカラ、マクラトリは峠、アオミネはトトリコと住み分けていたのはただの見せ掛けで、ほとんどはササラサの岩穴にその深い故郷の匂いを持っていたんだい。君はなにか？　記憶の糸を手繰ると決まってその垢《あか》で汚れた翼をばバタバタと騒がせるのか？」と言うと、彼は真っ青に光り輝きながら実に愉快そうに笑った。

「いや、必ずということでもない。ところでだが、その岩穴の本当の岩穴、つまりアララびとが住み分けて身を潜めていた岩穴ではない方、そのずっと奥の岩の洞《ほら》ともいうべきところに、アカナイワムロノヒトヒはいるんだな」

「アララ島の王としてはね。王という象徴としては確かにいるんだよ。でも、いまだ誰ひとり本当の顔を拝んだものはいない。これは実に正しい彼の在り方によるのだい」

「その、アカナイワムロノヒトヒに会うことは金輪際かなわぬのだな」

「さぁて、鳥の王よ。君らしからぬ発言だい。この島はトトリコ谷の霧のように気まぐれなんだから。会うとか会わぬとか、まるで内地人のようだい」

「もしもだ、だからこそゲソ地区の住人やらがそう望んだら？」

「生きては帰れまい」

「内地の古座江なら、なおさらだな」

アオミネヌレヒトヒは用心深くトリトビノウミヤマの目をのぞいた。

「誰か、そんな不埒な野望を抱いて、このトトリコ谷からササラサ川の奥にかけて探索しようという奴がいるのかい」

「いや、探索ではない」

「じゃあ何なんだい」

「アララ島の王アカナイワムロノヒトヒに呼ばれたんだと思う」

アオミネヌレヒトヒは身をのけぞらせて笑った。さっとトトリコ谷が青く染まった。

「なんという根も葉もないことだろう！　アララの王が古座江のごとき俗物どもを呼ぼうはずもないのだい」

「おれは、マクラトリ峠の石碑に止まってアララ島を一望していた折に、このことをはっきりと悟ったのだ。アララの王が古座江からひとりの娘を呼んだ、と」

アオミネヌレヒトヒは何故か黙ってしまった。ふたりが沈黙するとササラサの渓流の音だけが軽やかにあたりに響いた。それほどふたりは今まで大声で話していたのだった。しばらくして、ようやくアオミネヌレヒトヒが口を開いた。それはもう大声ではなかった。

「そうさな。それならばカガミノカゼヒメラに様子を聞くほかはないのだい」

「え！　カガミノカゼヒメラがこのあたりに来ているのかい」

アオミネヌレヒトヒはそれには答えずに「こいつは面倒なことになるぞ」とだけ言

って、すっとササラサ川に身を沈めると、そのまま消えてしまった。トリトビノウミヤマは「クエー！」とひと声あげて大きく羽ばたいた。

アオミネヌレヒトトヒはササラサ川を矢のように下ってやがてカガミ池に出た。

彼はカガミ池のあちこちに突き出た巨大な倒木に、戯れるようにしてしばらくたゆたっていたが、無論いたずらにそうしていたわけではなかった。

トリトビノウミヤマが言ったことを、ずっと考えていたのだ。アカナイワムロノヒトヒは白髪を腰まで垂らした異相の少年王である。それは、アララの古老カワタレノユウサリがある夜トトリコを訪れて、ふと漏らした言葉によって推測しているのだ。

「ああ、わが王たりしアカナイワムロノヒトトヒは優れて美しい少年になった。わしの今生《こんじょう》のかけがえもなき誇りだわいの。したが、あの白髪をば、腰まで垂らしての、その悲しいまでの老衰はいかがしたものかは」

「なんですって？　少年王が老衰ですかい」

「さればさ、気まぐれもほどほどにしてほしい。かのひとは、なにさま惑乱を好みまいらせて、おどろおどろしく過ごしまいらせるか」

アオミネヌレヒトヒはあきれ果てて言った。

「ならば踏み殺してしまえ。少年王にあるまじき淫乱だ」

「アオミネよ、淫乱ではない、惑乱ぞ」それからしばらくして、カワタレノユウサリ翁は顔中の皺を波を立たせて泣いた。

「聞きませアオミネヌレヒトヒよ。年老いた少年王アカナイワムロノヒトヒは何かを激しく望んでおるのだ。ゆえにこそ、またたくまに老いた」

「それがなにゆえ気まぐれだい」

「聞きませ、アオよ。その望みはアララ島を焼き尽くすまで止まらぬのだから、かのひとは、スレスレにこの世に踏みとどまって、仮にもその望みが成就してしまったれば、少年王アカナイワムロノヒトヒはこの島とともに消滅するつもりじゃわいの」

「ひどく危険ではないか」

「おおよ、ひどく危険だわ」

「その望みとはなんだろうか」

「ふむ、察するに地上ではかなう望みではないわな」

どうやら、カワタレノユウサリは何か秘密を握っているらしかった。だから、アオミネヌレヒトヒはこれ以上詳しく詮索するのを卑《いや》しいとして、止めた。

「ああ！　先代は実にもって偉大であった。先代は、アララびとたちから特にアララメクアカナイワムロノヒトヒと尊称され、永くその栄誉にあたいし続けたのだった。先代は、今のイワムロノヒトヒを真実心配しつつ、イワムロの洞に永遠に消え去られた」

アララの古老カワタレノユウサリの繰り言に暗示されていたことを、アオミネヌレヒトヒはカガミ池にたゆたいながら、ずっと考えた。

トリトビノウミヤマの言う「アララの王が古座江からひとりの娘を呼んだ」ことと、カワタレノユウサリの言う「アカナイワムロノヒトヒの地上でかなわぬ願い」とは、どう結び付くのか？

それにもまして、近ごろ島全体が何となくざわめいているのが気になった。

トリトビノウミヤマは古座江の娘を見たのだし、もし彼の言うことが真実なら早晩、その娘はこのトトリコ谷からササラサ川を、奥へ奥へとまっしぐらにのぼっていくに違いなかった。たとえどのような事情にしろ、この娘の背後には古座江の奸物どもの隠された企みもあるだろう。そんなものは特に恐れるに足りなかったが、それがアララの少年王の望みとあらば話は別なのだ。ゲソ地区のアララたちをして、娘の侵入を防がせるべきか、大いに迷うところだった。いずれにせよ、カガミノカゼヒメラに会わねばならない。

5　源白和尚　動き出す

古座江の〈オカミ〉網勢・乙吉島太夫頭・徳斎翁の三名がそろって善証寺に姿を現したのは、牛麿町長の訪問から一週間ほどしてからだった。

善証寺は県下随一の大寺で、その創建は平安期にまで遡る。当代源白和尚は、大寺にふさわしい穏やかな和尚だったが、数年前に「法身の洗濯じゃ」と隠居おしな婆さんに言い捨てて御鷹山の薬師堂に籠って以来、すっかりひとが変わってしまった。

おしな婆さんの見るところ、薬師さんが乗り移ったとかで、その言動の奇怪さと威圧とが、隠居の見立てを裏書きしていたが、薬師さんが乗り移ると何故ああもがさつで欲深くなるのか、誰も説明できなかった。今や誰ひとり近づく者とてない源白和尚は、善証寺境内に新設した新薬師堂に日がないち日引き籠っていた。

しかしごく最近、寺の総代さんがよせばいいのに、和尚に携帯電話を寄付したから、新薬師堂の暗闇からあちこちへ様々な指令が飛ぶようになった。総代がその軽挙をきつく非難されたのは言うまでもない。その日は夜中も十二時を過ぎようというのに、〈オカミ〉たちが招集されて来たのだが、この者たちも善証寺の世話人であったから、否応もなかった。

薄暗い新薬師堂は、線香の煙で息も出来ぬほどだった。その煙の中を、源白和尚が何やら呪文を唱えながら登場して来た。

「おん・ばじらだど・ばんばん・なうまく・さんまんだ・ばざらだん・かんかん・なうまく・さんまんだ・ぼたなん・ばきばく」

〈オカミ〉たちは予め隠居から手渡された懐中電灯を持って、互いに怯えぶつかりながらも、何とか席に着いた。

やがて源白和尚は奇声を一声発するや、護摩壇に跳びあがり、そのままこちらを向いて一同を睨みつけた。同時に堂内にパッと電気がついた。網勢はのけぞり、乙吉は護摩壇にかぶりつき、徳斎翁はふてくされて見て見ぬふりをしていた。

「ほかでもないわ。この源白が加持護法の清規《しんぎ》に則り、七日七夜の水断ちと、十日十夜の不眠不臥、三日三夜の五体投地。六日六夜の観想坐禅を貫いて、ありがたや（おん・ころころ・せんだり・まとうぎ・そわか）宇宙法性《ほっしょう》がわれに顕現したまいて、瑠璃光《るりこう》如来の慈悲を浴び、晴れて即身成仏をば決定《けつじょう》し、御鷹山より下山してわが善証寺に命からがら戻ってきたに、そこもとらの世迷いごとを隠居どのに耳打ちされて、清浄法身《しょうじょうほっしん》のケガレとなったは、なんたる不埒《ふらち》！　この源白を軽んじる者は目ん玉ひんむいて、わが見事な即身仏を見よかし！」と一喝すると、堂内は一瞬にして再び暗くなり、同時に金色のスポットライトが源白和尚の姿をサッと照らした。見事な隠居との連携プレイだった。さすがに〈オカミ〉らは度肝を抜かれたようだった。

その様子を見定めると、スポットライトは次第に紫色に変じた。垂戒は続く。

「よいかや、みなの衆。拙僧には全てがお見通しぞ」源白和尚はせいぜい六十前後の年回りだったが〈オカミ〉たちには余程の老僧に見えたのは修行のたまものだった。

「ほかでもないわ。牛麿の養女希和の渡航について、そこもとらが町長に嫌味を垂れ流し、揚句にことを荒立てたとはまことの仕儀か」一同寂《せき》として声もない。

「あの小娘には聖痕があるのじゃよ。凡人には見えぬ清涼《しょうりょう》な魂じゃ」

「スティグマ（聖痕）だと！」インテリの徳斎翁だけがその意味を察した。

「そこもとらには見えぬ」

「何じゃろかい？　捨て熊ちゅう熊は？」と網勢がすっとぼけた声をあげた。徳斎翁は苦々しく「聖痕じゃない。悪霊が憑いているんですわ」と言い捨てた。役目がらおしな婆さんがしずしずと番茶を配りながら言った。

「希和のデコにゃ誰ぞが釘で書き引いた傷痕があるんじゃ。これぞほかでもない、あのアララびとの深い傷跡でもあるんじゃわいな。これ、乙吉島太夫頭！　古座江白神大社別宮神人頭でありながら、その聖痕をば見破ることが出来なんだか」

「はぁて、御坊。アララを守る神さんたら、誰ぞしたね」

「アカナイワムロノヒトヒに決まっておろうが」

「あれ、そりゃアララ島の主《ぬし》の名であってもまさかに神さんではないわな」

「愚物！　そなたはアカナイワムロノヒトヒをばその目で見たことあるのか？」

「うにゃ、昔から代々のアカナイワムロノヒトヒは姿を見せんことになっとります」

「誰ひとり見たものがないとは、神仏の証拠じゃ。尊き者は無相無形じゃ」

「何を世迷いごとを」と徳斎翁は吐き捨てるように言うと「アカナイワムロノヒトヒなんぞ白神大社の守り札ほどの価値もない」と断じた。すると突然、源白和尚が徳斎翁の胸ぐらをつかむと、呪文を唱えながら引き回した。

「式目行いまするぞよ。おん・さらぎゃー・おん・さらぎゃー・外法《げ》は護法と転化して、おん・さらぎゃー・ちりじん・即滅・ちりじん・そわか・ちりじん・ちりちり・ちりんやそわか・ちらじらそわか・こやつの迷妄・ちりじんそわか・切りますぞ・切り切りてまだも深くに入りまいらせて・あれよのことと・あれよあれよと式目を捧げまいらせて・そわか」この間、ほとんど取り憑かれたようにみな堂内を這い回った。源白和尚はやがて法鼓《ほっく》や鉦《かね》を叩きながら彼らの後をせっついた。そして頃を見計らってか、パッと電気がつき、おしな婆さんが「打ち詰めましたりー!」と堂の出入り口で叫ぶと、一同ハタとそこに立ち止まった。

「されば、庫裡にて酒肴《しゅこう》の用意も整ったようだし、今夜の祈禱はこれまでじゃ」と言って、源白和尚がさっさと庫裡へ引き上げると、みなケロリとして何事もなかったようにして和尚のあとについて行った。

囲炉裏を切った三十畳ほどの居間に、いつの間にか山海の珍味が盛られ、もはや午前二時だというのに酒盛りが始まった。

源白和尚はおどろおどろしい法衣を脱いでこざっぱりとした甚平《じんぺい》姿になっていた。酒の席とあらば網勢は俄然元気になった。

「町長がよ、スパランドを掘り当てて得意になって、あの糞壺が、島に娘まで送り込んだは、そのねらいたら、なんたって開発だわが、それをばこの乙吉島太夫頭の腑抜け金隠しが、おめおめと松蔵島太夫まで護衛につけて……したが、松蔵からはこの島太夫頭にゃいまだに何も報告が無しのつぶてだわ」乙吉島太夫頭はあわてて制した。

「まぁさ、網勢の。せっかくの御祈禱を受けて身も心も清めての酒盛りじゃないか。したに牛麿の魂胆をばいまさらあげつらうは大人げないわの。聞けば、松蔵島太夫は慎重なる調査をば地区事務所員と行って、娘にゃ関口っちゅう男をば監視に付けておることだわ」

「関口……聞かん名じゃ」

「公民館内施設係だわな」

「あほの糞壺が！　地区の小僧が手に負えるかよ」徳斎翁がなかに入った。

「もう小娘のことはそれぐらいでいいでしょう。様子を見ましょう。それよりも、われわれ三人衆を利権漁りの奸物と、町長が断じたよし、こりゃ許せんわ」

「乾物たとぉ！　天下のオカミをつかまえてヒジキや鰹節にしょっとかい」

「蔵持の立場から発言しますが、スパランの用地たる牧野原一帯の町有地をば、この徳斎が買い取りまっしょ。ただし場合が場合だけに、まぁ片手といったところですかな」

「おましが買い占めて何さらすか」

「スパラン計画を牧野原で出来なくして、アララ島へと促すんだわ」

「じゃが、おましは牧野原をば別口の開発に充てるじゃろが」

「網勢の倅のトモ安は県とのパイプですから、この徳斎にも常から引き合いがありますよ。町に悪いようには……いや、あんたらの悪いようには転ばんですよ」

「まあ、どの道ここいらで牛麿を引きずり降ろして、首のすげ替えじゃわ」

「次の町長は誰ない？」と乙吉島太夫頭がずるそうに笑った。

「どうですかの、御坊の御意見は」

「わしよりほかあるまい」源白和尚がこともなげに言った。一同あっけにとられて、思わず口に運びかけた盃を宙に浮かした。

「この源白がの、仏法・王法を両輪として前代未聞の町政をそこもとらにとくと味あわせてやろうに」徳斎翁は、先ほど引きずり回されたのも忘れて口を出した。

「御坊、そりゃ無茶だわ。なにせこの古座江はわたしらオカミと町と県との三重構造ですから、統帥権の串刺し干犯ですよ」

「拙僧は幸いおのしら俗界の権威をば超越しておるからに、町政とて仏の慈悲行とみなすまでのことじゃわい」すかさず乙吉島大夫頭が相槌を打った。

「聞けば、江戸の初め頃、いち度だけ善証寺の寺侍がソロバンに明るいとかでお城に上がり、勘定方小物頭まで取り立てられたと、わが社務所の古文書にはある。これな、れっきとした仏の行政じゃわな」

「そのような木端《こっぱ》役人なんぞ何程のことがあろうか。この源白、加持護法の旧記に則り七日七夜の……」

「まあまあ」と網勢がなかを割る。

「まあ町長なんどの端役《はしたやく》は誰がなっても一緒だんわい。うちの嫁じゃあなあが、リンクだわ、県とのな。そいにゃ、倅のトモ安あたりを町長にふわと押し上げて、こっちで糸を引いてりゃええのんじゃなあか」徳斎翁がいやな顔をして首を振った。

「それじゃ古座江は県の腰巾着《こしぎんちゃく》に成り果てるわ。それより、蔵持の財力こそは行政の要《かなめ》だわ。幸いにして、この徳斎の甥っ子が大阪でノンバンクのそこそこになっており、この者近代経済の息がかかっておるからに、このちっぽけな町の町長としては、まあ適役ですわ」

「聞けば、島太夫の血筋にはこの古座江にあっては白神大社の神人としての祭政一致の極意をば伝承保持してまいったのだす。例大祭の島太夫は、正確には禰宜《ねぎ》ではなあ。れっきとした民間人なぁよ。半神半俗の強みもあってよ。島太夫のうちじゃ、やはり身体壮健な古浦の辰吉《たつきち》島太夫が一番だぁ。こやつを町長に祭り上げて激務を任せ、美味しいところはわれらで取りゃ安泰だわ」と乙吉島太夫頭も割り込んだ。

「そこもとら何かを忘れておろうが。みなこの善証寺の世話人だないか。善証寺をさしおいて勝手な思案をば巡らして妄想こき巡らして、仏罰の当たらん道理があるものか。じゃきにこの源白に一切合財お任せあれよかし。薬師さんは（おん・ころころ・せんだり・まとおぎ・そわか）悩める凡夫らに施薬するが本分じゃ。ここはひとつ愚かなる古座江の民草《たみくさ》のために源白が、曲げて人情に従って町長の椅子に坐りましょうぞ。身を俗事に汚すは本意じゃなぁが、誰もこの場を仕切る者なきは滑稽とさえいえるじゃろうが」

酒がまわりだすと互いの垣根が取れて、百年の知己のように遠慮なく我欲を突っ張り言い募《つの》るものだから、堂々巡りするばかりだった。徳斎翁はいつになく喰い下がってきた。

「何よりも家柄や年功序列を廃さねば、古座江は時代に取り残されると見た。ここでオカミ同士がいがみあってもせんないこと。話をば具体的問題に戻しまっしょ。まずは牧野原買収の金をば用意出来るもの、手を挙げてくださらんか。次に、町議会長に渡りつけられるもの、次に、アララ島開発で県とのすり合わせができるもの。この条件をすべて満たせにゃ、町長なんぞ名前倒れですわ」

「待てやい、蔵持の徳斎翁よ」源白和尚はほとんど切れる寸前だった。

「そこもとは金だのコネだのと卑しい飛び道具を持ち出して、脅しに脅して……」

「あんたこそ待たんかい、この堂籠りのボケ坊主が。そもに網元あっての古座江の今日じゃい。ここな漁業は鯛の尾頭《おかしら》と目ん玉しゃぶりの二度儲《もう》けじゃ。網元のクシャミひとつで町たら県たら吹っ飛ぶのを忘れたかい。倅のトモ安が……」

「やめい！　下郎の砂かぶり。氏神の白神大社の別宮の……」

「善証寺は平安以来の……」一同垣根が取れ過ぎてくんずほぐれつの揉みあいとなった。そこへ酒を替えに来たおしな婆さんが「打ち詰めましたり！」と一声叫ぶと、どうしたことか、あっという間にみな自席に戻っておとなしくなった。さらにこの場をおしな婆さんが預かって一席ぶった。

「夜遅くまでみなの衆、ご苦労さんでごじゃった。まま、この先どなた様にも損のなきよう、ここはひとつこのババにお任せあれ。よいかや、町長の後釜は選挙で決まる。どなた様もいらぬ根回しなんぞしちゃならんぞい。根はひとつじゃ。この古座江の根っこはただのひとつ。よいかや、神でも仏でも金でもないわ。アララじゃわ」おしな婆さんは、それ以上言わずに意味ありげに笑いながら台所へ消えてしまったのだった。

6　落日のカガミ池

カガミ池は、どれほどの強風がアララ島を襲っても縮緬皺《ちりめんしわ》ひとつ立たない静寂の池だった。それは、この池にカガミノカゼヒメラが住んでいることを風が知っているからだった。

全身を皮膚病に侵されたこの初老の女はあるいは島で最も神秘な存在だったかもしれない。彼女の皮膚のデコボコ、ザラザラしたりヌラヌラしたりの感触、硬くまた柔らかく、かさつき脂ぎり、そうした皮膚の持つあらゆる特性を彼女は全身くまなく持っていた。疥癬や湿疹も持ち、少女の白い餅肌《もちはだ》も持っていた。もし誰かが勇気をもってそうした全ての皮膚構造をつぶさに観察したなら、それらはまぎれもなく地上の山河の似姿だと気づくのだ。彼女の全身を覆う皮膚には、ヌラヌラした湿地やかさついたガレ場や水草繁る沼、干上がった潟、それどころか山や森や丘陵までも観察することが出来た。何という驚きか、彼女の体こそアララ島の地形そのものの写し絵だったのだ。

だがカガミノカゼヒメラの本当の神秘は彼女がその胎内に風を宿していることだった。

アララ島を巡りここちよく吹き来る風も、激しく岩肌を殴打する風も、みな彼女の胎内から女陰を抜け、たちどころに膨らみ、天空に漲《みなぎ》って初めて下界に吹き来るのを常とした。彼女の醜く粗野な身体から透明に澄み切った風が嬉々として飛散していった。

カガミノカゼヒメラ。彼女は風だった。そしてトリトビノウミヤマが剝製の鳥たちを引き連れて、あたかもアスカラ岬の上昇気流に乗って飛び立つときは、実は知らず知らずカガミノカゼヒメラのふところに抱かれている至福の時なのだった。

アオミネヌレヒトヒが物思いに沈んで、冴え冴えと濃紺色に揮発し、やがてササラサ川の流れにたゆたいながら眠るときも、カガミノカゼヒメラが微風《そよかぜ》となってそっと抱きしめている時なのだった。

アオミネヌレヒトヒがササラサ川を激しく下って、カガミ池にたどり着いたときは、カガミノカゼヒメラの居る気配はなかった。

彼は、いつものように池の水面《みなも》に漂って微かな声で笑いさんざめいていた。青く輝くことが楽しくてしょうがないから、池の水藻や朽ちた倒木をぶるぶる震わせておもしろがっていた。

やがてしんとする瞬間が来た。

アオミネヌレヒトヒは池から這い上がって腹ばいになり頬杖をつき、少年のように素直に時を待った。

「来たね。つやつやと濡れながら」

何処からか声がした。風が木々をさわさわとゆすった。

「姐《あね》さん。たまの散歩の道すがら姐さんの顔が見たくなってね」

「千年かけてこのカガミ池を、渋い漆器みたいに磨きぬいてきたのにさ、あんたが安っぽい染料で汚すものだから、だいぶに不機嫌なんだよ」

「それはそれさ姐さん。ぼくはほかにしようがないんだもの」

「勝手だね」

「アカナイワムロノヒトヒは嫁をもらうのかい？」

すると突然、カガミ池の水面がペラリと剝がれて立ち上がった。見る間もなくアオミネヌレヒトヒはその被膜に包まれてしまった。カガミノカゼヒメラが風となって立ち上がるときは、誰も逃れられないのだった。

「ホー、ホー」と風を吹きながら、アオミネヌレヒトヒを池に閉じ込めたまま、カガミノカゼヒメラはカガミ池から揮発した。

「姐さぁん！　アカナイワムロノヒトヒは嫁さんをもらうんかい！」

カガミノカゼヒメラは振り向きざま、フッと凍るような風をアオミネヌレヒトヒに吹きつけた。

「ホー、ホー」カガミノカゼヒメラはアオミネヌレヒトヒを置き去りにして、遥かアスカラ岬の方へ悠然と流れていった。

そのとき、トリトビノウミヤマはアスカラ岬の絶壁にいた。彼は剝製の鳥たちをふところに抱いて、あやしたりなでたりして遊んでいた。幸福なひとときだった。

「甲羅干しかい」カガミノカゼヒメラは海風となってトリトビノウミヤマに話しかけた。

「アオミネヌレヒトヒに会ったんだな」

「そうだよ。あの子をカガミ池に閉じ込めてきたよ。いたずらだからね」

「教育がないだけさ。施設にたまには来たらいいに」

「それでもあの子は、昔はちょっぴり施設を覗いたりしたんだよ。駄目なんだねぇ。ゲソ地区の連中ときたら、アオミネヌレヒトヒのパンツを脱がして中まで青いか調べたりしたんだよ」

「それだって教育さ」

「おまえもさんざんにこき使われて、剝製職人とおだてられ、関口施設係の小遣い稼ぎをしてるじゃないか」

「マクラトリノタロのおやつだって、買ってやらにゃならんものな」

「内地から来た小娘はいま、どうしているんだい」そう訊《き》かれてトリトビノウミヤマは急にどぎまぎしながら膝に抱いた剝製の鳥たちを海に向かってパッと放った。鳥たちは銀箔のツブテとなってキラキラと輝きながらしばらくは空中に舞い、やがてどこかへ消えていった。

「キワのことかい。あの子はゲソ地区の事務所を出て、シモノクロヒトヒのとこへ行ったんだよ」

「何だって？　シモノクロヒトヒに何の用なんだい」

「関口施設係の身分証を首にぶらさげて、讃美歌みたいな鼻歌うたって、スキップしながらシモノクロヒトヒにこの島のあらかたを聞きに行ったんだな」

「で、どうなったんだい」

「知らないな」

「嘘だろ。おまえはビロージュの林を飛び立って、マクラトリ峠で島の出来事の一切合財を見ていたんだよ。シモノクロヒトヒはあのこに何を教えたんだい」

「知らない。シモノクロヒトヒはゲソ地区の地主だものな。地区長だって滅多には口もきけないのさ。それを、キワはマクラトリノタロと立ち話をしただけで、ちゃんと頭に入れたらしいや。賢くて愛くるしいんだな」

「馬鹿だね、トリトビノウミヤマ。内地の娘に惚れてどうしようというんだい。小馬鹿だよ、ほんとうに」

「アカナイワムロノヒトヒが呼んだなら、それはそれでいいんだ。でも、不思議じゃないか、姐さん。どうして今さら、アカナイワムロノヒトヒは内地の血を欲しがるんだろうな」

「そりゃ、とんでもない思い違いだよ、トリトビノウミヤマ。アカナイワムロノヒトヒはキワを呼んでなんかいないんだよ」

「いや、この島の常にないさんざめきは、アカナイワムロノヒトヒの心臓が高鳴っている証拠だ。姐さんの風に乗って、トトリコ谷からササラサ川をさかのぼり、アララの王の本当の王国へ行ってみたいよ」

「鳥の王としての誇りはどうしたのさ。たしかにアカナイワムロノヒトヒはこの島の真実の王だ。だけどね、アララの民は誰からも自由なんだよ。かつてのイワムロ一族だってとうの昔に滅亡したんだ」

「ゲソの地主、シモノクロヒトヒはおれと同じイワムロ一族の分かれだ。それをキワが知っているなんて驚きさ」

「知っちゃいないよ」

「でも、シモノクロヒトヒは自分から名乗るに違いないな」

「気苦労なこったね、まったく」

「キワがカガミ池からトトリコ谷へ入るに違いない。そのときは、あの子をいたぶるのかい」

「事はそう簡単にはいかないんだよ。いいかい、アカナイワムロノヒトヒがもしキワを呼んだなら、キワに沢山の試練を用意しているに決まってるんだ。沢山の迷い道を用意している。その迷い道は巻貝みたいにクルクルと絶えず回転しているのさ。渦を巻き、方向を失わせ、力尽きて倒れるまで、手を抜かないんだよ。もしも、気丈にも渦巻く迷宮から出られたとしたって、アカナイワムロノヒトヒは優しくキワを抱いたりはしない。ほんとうだよ、これは。内地の血が最後の一滴まで絞り涸れるまで、アララの王は待つのさ。キワがアカナイワムロノヒトヒにとって永遠の化石になるまでね」

「化石というのは、施設の理科で習ったな。血の通わぬ石なんだろ」

「キワが迷い込むのはその化石の世界なんだ。アカナイワムロノヒトヒはそれほど残酷なアララの王なんだよ」そう言うと、カガミノカゼヒメラはトリトビノウミヤマの手をとると悠然と舞い上がり、あくまでも上昇し、天空が尽きるほどになって初めてにっこりと笑った。

「ご覧よ、トリトビノウミヤマ。アララ島が米粒みたいだろ。おまえが気苦労している世界は、あんなにも小さいんだよ」

トリトビノウミヤマは「クエー！」とひと声叫ぶとカガミノカゼヒメラから離れ、しばらくは旋回して再び島の方へと降りて行った。

アララ島ゲソ地区で、その一部始終を見ていた者がいた。

シモノクロヒトヒはいつも通りに畑を見回りながら、時折り空を仰いで背伸びしたりしていた。彼は、冷たい微笑をたたえながら咳払いし、腰を伸ばし、そのくせ油断なく内地の小娘の動向にも気を配っていた。

7　希和　島巡りを始める

シモノクロヒトヒはイワムロ家の分かれだった。だがトトリコ谷の奥の奥、アララの源流たるコチサミダレに住むことは当初から許されず、最も内地に近いゲソ浦に居を定め、内地人の不当な侵入からアララびとを護る役目を担ってきたのだった。

アララたちからは、ゲソ地区は下（シモ）と呼ばれ、しかも年がら年中畑に出ていたからすっかり日焼けしてシモノクロヒトヒとあだ名されていた。ほんとうは、シモノクロヒトヒではなくタチイデノスグレという立派な名であり、あるいは代ごとにタチイデイワムロノヒトヒなどと自由に名乗れる高い家柄だったが、ゲソにいるためか自ら名乗る機会もなく、誰もがシモノクロヒトヒというあだ名しか知らなかった。この一族の、内地人との忍従の駆け引きと腹芸が、シモノクロヒトヒを常に冷笑を浮かべる男にしていた。さらに浅黒い顔に鋭いひきつれがあり奥まった目が不気味に光っていた。

シモノクロヒトヒの屋敷は、ゲソ地区とアララびと居住区との境にあった。屋敷の周囲をビロージュの密林が取り囲み、その入り口さえ定かではなかった。

屋敷には古い校倉造《あぜくらづくり》の倉があって、アララの永い歴史を記した内地の古文書が山ほどあった。その古文書では、アカナイワムロノヒトヒの古名は「不開磐室仁彦」でありトリトビノウミヤマは「鳥飛野海山」でありマクラトリノタロは「真暗通多呂」でありアオミネヌレヒトヒは「青峰濡仁彦」でありカガミノカゼヒメラは「鏡野風姫楽」であった。いずれも昔、内地の役人が書面に表すときの慣例名であり、すでに廃れた古名である。

希和は、地区事務所をあとにするとシモノクロヒトヒの農具小屋にそのひとを訪ねた。

希和がシモノクロヒトヒに興味を持ったのはそれなりの訳があった。トリトビノウミヤマもマクラトリノタロも彼らはその初代からまったく同じ名を名乗った。さらに驚くべきことにトリトビノウミヤマたちアララ族はどの代だろうと同じ特性なのだった。ここは極めて説明困難なところだ。先代と当代は確かに親子であり別人格なのだが、同じトリトビノウミヤマでありマクラトリノタロなのだ。たとえば、マクラトリノタロに妹がいたらマクラトリノヒメラであり見かけ上の男女差や兄妹の区別があるだけで、まったく同じ人間だった。今、希和の足元を歩いている蟻たちが、親子か兄弟か考えるのと同じくらい、その詮索は意味のないことだった。

だが、シモノクロヒトヒは違う。シモノクロヒトヒは代ごとに違った名を名乗っているように、代ごとにまるで違ったアララだった。内地では当たり前のことだったが、それはこの島では特異なことだった。先々代の名はマサキタチイデノスグレだった。先代はアキラケノタチイデノスグレだった。むろんその名はシモノクロヒトヒいやタチイデノスグレ一族の系図に記されているに過ぎないが。

内地人への忍従を強いられたこのアララ、タチイデノスグレはあだ名を甘んじて受けることで、真の誇りを胸深く潜めてしまっていた。希和にはそのことが痛いほどわかる気がした。つまりこの島で最も信頼できる大人なのだった。

シモノクロヒトヒの農具小屋とは、この島で唯一のスーパーマーケットであった。昔は畑の農具小屋だったが、次第に小作人のための休憩所となり、村人の売店となり、やがてゲソ地区全体の生活を支えるスーパーとなった。しかし、いまだに土地では農具小屋と呼ばれていた。

希和が農具小屋に姿を現したとき、そこにはレジの若い女がひとりいるだけだった。女はだらしない恰好で椅子に坐り、退屈げに頬杖をついていた。

「シモノクロヒトヒのおじさん、いやはる？」希和がそう聞いても、女はまったく無表情、無反応だった。

「あんた、見かけない子なぁ」

「シモノクロヒトヒのおじさん……」ともう一度言いかけると、女店員は希和が首からかけた身分証に気づいてキャッと声を上げた。

「これ関口さんの身分証だわ！」

「借りたんよ。そやけど、あなた関口さんのお知り合いなん？」

「お客さん、さては内地からなんだ」

「シモノクロヒトヒさんは？」

「関口さんの本給は一五万ポッキリ。施設の訓練生の世話料が五千ポッキリ。剝製をさばいた売り上げの三パーセントと、施設見学者や島内視察者の案内のアルバイトがちょこっと。だからときたま身分証をレンタルするんだねえ、驚いたわ。そのなかから内地妻への送金が一〇万。お腹すかしてフラフラだわ」

「ずいぶん詳しいんやね」

「島の常識だわよぉ」

希和はなんだか気分がだるくなってきた。あの関口の生真面目で小心な顔とこの店員のなげやりな物腰とが変に表裏一体で、気味悪いのだ。

「なんだか気分がだるいわ」と希和はひとりごちた。

「あたしもだるいわ」と女店員。

「シモノクロヒトヒのおじさんは毎日ここへ顔出しはるの？」

「店長さんはめったに来んよ。仕入れや売り上げとの伝票照合はマクラトリノタロだわ」

「あら、あの笛くわえてはるひと？」希和は意外だった。

「そおよぉ。あたしのお給料もタロが長々前置きしてからくれるんよ」

「じゃあ、何処へ行けばシモノクロヒトヒのおじさんに会えるの？」

「お屋敷だわ」

「それは何処？」

女店員は希和の首から地図をはずして指差して言った。

「だいたいこのあたりね。ビロージュ林のなかだから、だいたいよ。地区長さんだって滅多に行かないんだわ」

希和はちょっと怒ったように「あかんわ、あんなひとたちじゃ」と言った。女店員はキッキと妙な奇声をあげて笑った。

「あんた、ずいぶん変てこりんな子だわ」

「あたしは町長の娘なんよ」とそのひと言で女店員は弾かれたように直立した。それから気を取り直してあらためて馬鹿丁寧な挨拶を始めた。

「よくまあ、こんなむさくるしい島においでんなさった。関口さんが給料より大事にしてる身分証を、見ずや知らずの他人様にレンタルするはずもないとは、考えていたんよ。それで合点《がてん》したわ。町長の娘さんたら、この島においでなさるとは、地区長さんから聞いていたしね」

「シモノクロヒトヒの屋敷へはマクラトリノタロを付けてもらえます？」

「それより関口さんの貧乏暮し、町長さんになんとかして欲しいわ。あたしが地区長さんにいくらもちかけても、うんうん生返事ばかりで、らちがあかないのよう。内地の奥さんだっていち度も島に見えないから実情をまるで知らんのだわ」

「道案内付けてくれたら考えるわ」

「関口さんはああ見えて、たまの休みにあたしを内地に連れてってくれるけど、いつも割り勘だわ」

希和は女店員とのおしゃべりに飽きて店を出ようとした。道案内はあきらめて。

「あら、もうお帰りですか。お茶も出さんと」そう言うと女店員はあわてて冷たいお茶を希和に持ってきた。希和はそれをいっきに飲み干した。

「それじゃ、お屋敷へ行ってみます」

「マクラトリノタロならもうじき来るわよ。あまりあてにならんけど。やっぱり島でいち番のインテリたら、トリトビノウミヤマだわ。こないだも光の速さのこと教えてくれたわ」女店員はレジの下の引き出しから紙切れを取り出した。

「一六七五年、デンマークのレーマンさんが木星の衛星イオを使って初めて光速を測定した。秒速二三〇〇〇〇キロメートル。一七二七年、イギリスのブラッドリーさんが光行差を使って測定した。秒速二九九六〇〇キロメートル。一八九〇年、フランスのフーコーさんが測定。二九九七九一キロメートル。光って時代とともにだんだん速くなるんだわ」

希和は、その後もずっと女店員のおしゃべりを聞かされ続け、ひどく眠くなってしまった。彼女は店の隅のソファに坐りこむといつしか寝入ってしまった。すると事務所の奥からマクラトリノタロがヌッと現れた。

彼は女店員としばらく小声で話してから希和の寝顔を覗きこんだ。

「みなだいたいがテレビを見るから十一時ごろに寝るもんだけど、でもまだ陽は明るいのに疲れていたりすると眠るひともいるわけだし、昼寝にはもう遅い時間なんだから、この子は疲れている部類なんだろうかな」女店員が目配せをすると、マクラトリノタロは軽々と希和を抱き上げた。

「じゃあ、あんたの小屋へ連れて行っておやり。あしたの朝まで目が覚めないよ」

「それはさっきおれが台所でお茶に入れた粉が、この子の催眠中枢を刺激して、もっと起きていたいという覚醒中枢を劣化させたんだな」

「その関口さんの身分証をこっちにちょうだいな」女店員は希和の首から身分証を外すとレジの引き出しにしまった。

「それから、この子があしたの朝目が覚めたら、海のそばだし、波がキラキラしてとてもまぶしくて、おれの顔見ながらまぶしいっていうだろうか」

「シモノクロヒトヒは全部知ってるんだから、この子をこわがらせちゃ駄目だよ」

「おれはシモノクロヒトヒの小作だし、マクラトリ峠の石碑に誓って、それはないな」

「連れていきな」

「今夜はどんな歌を吹いてやったらいいかを、月の按配を見て決めるんだけど、月が出ない場合はローソクの灯の揺れかたを見て歌をきめることになるんだしな」

「シモノクロヒトヒはこの子を大事に思っているんだから、変な歌聴かせちゃだめだよ」

「鳥肌立つしな」そう言うとマクラトリノタロは希和をおぶって農具小屋をあとにした。

8　沙都　祈るひと

日がな一日、古座江を走りまわる牛麿町長にくらべ、町長夫人沙都は自宅に引き籠っての静かな生活を送っていた。

もともと寡黙なうえに声も小さく、その立ち居振る舞いもしとやかだったから、家の使用人でも彼女の足音すら聞き漏らすのが常だった。ときおり、微かな咳払いのような声がすると、使用人たちはハッとして仕事の手を止めたりした。

奥浜邸はけっして広くはなかったが、古い豪農屋敷のように厚い土塀を巡らせ、ずっしりと重い威容をたたえていた。しかしそれとて、沙都の持つ不思議な威厳には遠く及ばなかった。古座江のひとたちは心から沙都を畏敬していた。その美しさよりも、その静かさに畏敬の念を持ち、つまりは畏敬と畏怖とがあいまって、たまに沙都を町で見かけたりした者は感動でしばし立ち尽くすのだった。

しかしそれは沙都にとって幸福なことだったろうか。彼女と親身になって話すものはいなかったし、高く祭り上げられたぶん、孤独だった。静かな、しとやかな、まるで修道女のように祈るひととして、ふるまわねばならなかった。夫人は次第に町のひとたちから追い詰められ、家のなかに押し込められ、コソとも音を立てずに生活することを余儀なくされていた。

夫人は古いしきたりとしての神事・仏事をないがしろにせず、これをよく勤めたが、それはあくまで奥浜家のためであって、彼女の信仰心によるのではなかった。むしろ夫人は信仰のひとではなかった。祈るひとではなかった。あくまでも直感的ではあったが、ひとを見誤らず理に聡《さと》く、そして神仏よりもひとの内面の不可解さに深い関心を持っていた。

牛麿が、ある日突然何処からかひとりの少女を連れてきて、養女にすると打ち明けたとき、彼女の目は好奇心に光ったのだった。そのときの彼女の言葉ははっきりとしたものだった。

「この子を育てるのは、あなたですか、あたくしですか」

「むろんわしら夫婦で育てるに決まっておろうが」

「この子に奥浜の養子を迎えるのですか、それとも嫁に出すのですか」

「養子をとるか嫁に出すかは先のことだわ。本人の意思もあるわな」

「ではなぜ、男の子にしなかったのです」

「物を選ぶのとはわけが違う。施設の方では手を焼いておって、ま、一般家庭ではよう受け止められんと、そう所長さんがな。それに所長さんが言うには、あくまで推測だがこの子は奥浜の遠縁らしいと」ここで沙都は沈黙した。

希和が来ても、夫人の生活の基本は変わらなかった。夫人と希和はふたりで食事するのがほとんどだったが、ほんとうの親子がことさら小難しい話をしないように、彼らも日常の用件のみで話は事足りていた。

沙都は一週間ほどですっかり希和の性格を飲み込んでしまった。そんなある夕飯の席で沙都は言った。

「希和さん、あなたはわたしたちのほんとうの子になりましたね」希和はスープ皿から顔をあげてこともなげに言った。

「よく分からへんけど、このうちにいると落ち着くねん」

「ところで希和さん、カフェモランのシュークリーム食べた？」

「とっくよ、評判やもの。学校の帰りに出来たて食べたわ」

「学校になれましたの？」

「古浦の漁師の子たち、かわいらしいわ。目がきらきらしてはる」

こんなたあいもない親子の会話が静かに続いたが、沙都は次第に古座江やアララ島のことを希和に話して聞かせるようになった。希和は興味深げに聞いていたが、ひとつだけ気になったことがあった。それは沙都がアララ島の話をするときは、決まって物悲しげに見えたことだった。希和はその理由を特に知りたいとも思わなかった。アララ島の話は何か遠い昔話でも聞くような、うっとりとした心地よさがあったからだった。


希和の単独渡航に口添えしたのは実は、沙都だった。牛麿は始めは煮え切らなかったが、渡航は希和よりも沙都の方が望んでいると察すると、承諾せざるを得なかった。島そのものは、ゲソ地区に限れば少女ひとり渡ったとて危険なわけではない。問題は町長の娘が何をしに行くか、妙な噂が立つと、島での希和に余計な負担がかかるということだった。夏休みの自由研究として、古座江の子たちがアララ島に単独渡航した例はない。

「ひとりで気ままに島を歩かせることが大事ですわ。アララを知ることが希和自身を知ることになります。あなたは町長として余り島に行きませんけど」

「なに、行政上なんら問題のない地区だ。月例報告を受けるだけで問題ない」

「分かっていらっしゃらない」

「何をだ」

「アララをです」

「アララを特別視してはならんだろう。島には地区長始め事務員たちが常駐してい てみな一生懸命任務をまっとうしている。あそこは行政的になんら特別区ではない。 しかし県の見解は別だ。あの島は県の特別保護地区だ。古座江が委託されて運営して いるとはいえ、県の今後の方針は古座江と鋭く対立している。いや古座江ではない。 この町長とだ」

「それはもう古い賞味期限切れのお話ね」

「やれやれ、わしはおまえのような詩人じゃない。現役の町長だ。いろいろある さ」

希和はふたりのやりとりを聞くともなく聞いていた。希和が持ち出した単独渡航の 話がこじれているらしいことが分かった。こじれていることが、たまらなく面白かった。

「ああ、なんだかわくわくしてきたわ」牛麿は困ったように希和を見た。牛麿の顔に一瞬だが父親の寂しさのような影が浮かんだ。むろん希和は気づかなかった。

牛麿と沙都は目に見えぬアララからの力を感じていたのだ。沙都はずっとそのことを胸の内に秘めていたが、牛麿は、近頃の自分の行動パターンがその力の影響だとうすうす感じていた。始めからなにもかもがお膳立てされていたのではなかったか、と感じていた。アララが牛麿と沙都の中に侵入し始めて、そしてゆっくりとかすかな戦慄をおこさせていたのだ。ならば、なおさら希和を行かせてはならないはずだったが、いま夫婦の目の前にいる養女希和は、すでにアララにむかって歩き出そうとしているのだった。そして夫婦はやがて不思議に安らかな感情に包まれた。それはまるで婚礼前夜の花嫁の両親のような感情でもあった。

「島ではきっと、希和さんの渡航を心待ちにしているわ」

「地区長さんやらみなさんの言うことをよく聞くんだぞ。それに松蔵島太夫にはわしからよく頼んでおくからな」

「遅くとも夏休みが終わる一週間前には、お帰りなさいね」

「連絡を絶やさぬようにな。何処へ行くにも地区事務所の誰かに必ず同行してもらうんだぞ」その他もろもろの注意が矢継ぎ早に出されたが、希和は眠そうに聞いているだけだった。そしてあの、出発前夜の牛麿の奇妙な独り言になったのだった。

「おまえは、嫁に行くんだな」

希和が島に去ったのち、沙都は前にも増して静かな日々を送った。茶室「厭離庵《おんりあん》」でひとり茶をたて、あるいは書院で花を活け、庭を巡りした。

沙都はそうしてじっと耳を傾けていたのだ。遥かアララ島の方角から、潮騒のようにひた寄せてく来る命のみなぎりを、細大漏らさず聞き取ろうと耳をそばだてていた。その心境は澄み切り、宗教的なまでに高められていた。誰もが沙都のそうした静かな生活を妨げまいとしていた。

とはいえ、沙都が単に自身の中に引き籠ったわけではない。よく食べ、よく眠った。夫牛麿の愚痴話も聞いたし、そのエネルギッシュな行動力に心服してもいた。しかし、沙都の本当の部分、心のいち番深いところにはアララへの限りない思いが潜んでいた。

ゲソ浦までであったが、娘時代に数度訪れた美しいアララ島。その当時は施設もなくて、アララびととゲソ浦住民とがなに不自由なく共生していて夢のようだった。

そのおり垣間見た先代のトリトビノウミヤマやマクラトリノタロたちアララびとの素《そ》振《ぶ》りや声音《こわね》、のんびりとした立ち話、沙都を呼んで空を飛ぶ真似をしておどけてみせた老トリトビノウミヤマの深いまなざし。箱入り娘であった沙都にとって、それはどんなにいきいきとした胸騒ぐ世界だったろうか。だがそれは、けがれなきゆえに壊れやすい世界でもあった。老トリトビノウミヤマが沙都の頬を撫でながら嗄《しゃが》れ声で言った。「お嬢ちゃん、この島を、この偉大な島をお忘れめさるな。ひとはみな、いつの日かアララの世界に目覚め額《ぬか》ずくのじゃよ」

沙都は、希和が島へ渡ったあと、遠い昔のアララそして地上から消えかかっている今のアララを思い続けているのだった。

古座江の町がだいぶ騒がしくなってきたのを、沙都も知っていた。オカミや源白和尚までもが町長をやり玉に挙げ、スパーランド開発の是非論ともあいまって、町長派とオカミ派とが利権争いをしていることも知っていた。この狭い町で争うということは、親類縁者の糸も絡《から》まり切れることを意味する。沙都は町長夫人としてその現実を見据え、心痛めていた。古座江町とアララとがどんどんかけ離れて行くことに心痛めていた。しかし、沙都はそのことを嘆いていたわけではない。この現実は遥か昔からわかっていたことなのだ。沙都は遠ざかってゆくアララをある種の諦念でもって見守っているのだった。

9　最初のつまずき

マクラトリノタロの作業小屋で目覚めた希和は、浜へ走り下りると衣服を脱ぎ、朝の光に素肌を濡らしながら思うさま波と戯れた。

「きもちいいわぁ」ひとの気配もなく、磯の鳥たちがキイキイ鳴くばかりの浜で希和は、沸き立つばかりの命の喜びにひたった。

アララ島の朝は荘厳だった。幾重にもせり出した岬の岸壁は、その裳裾《もすそ》を泡立つレースの波頭に縁どられ、遥か沖から次々と寄せ来る金色の潮風にあわあわと包まれていた。

小屋に戻ると、玄米粥に味噌を溶かしこみ、アジの干物の身をほぐしいれた椀が出された。マクラトリノタロははじめ、黙って希和の顔色をうかがいながら食べていたが、やがて希和の巧みな誘導に乗って、シモノクロヒトヒのことをぼつぼつ喋りだした。その全てをここに記録することは時間の無駄である。彼は昼少し前まで、あのまわりくどい口調で話し続けたし、希和が既に得ている情報と重なりもしたからだ。

その昔、アカナイワムロノヒトヒを長とするアララ一族が、内地からの移住者たちに次第に追われ、ついにはトトリコ溪谷の奥の奥、コチサミダレの滝まで落ちのびたとき、当時まだタチイデノスグレであったシモノクロヒトヒもともに従ったのだった。それはイワムロ一族の分家としては当然の振る舞いだった。

しかしどうしたわけか、ほどなくタチイデノスグレ一家だけはすごすごとゲソ浦に舞い戻り、この地にすっかり根をおろしてしまった。そしていつかシモノクロヒトヒとあだ名されるようになったのだった。

マクラトリノタロによれば、それこそアカナイワムロノヒトヒの密命だった。タチイデノスグレはあえて内地人の目をアララたちからそらすべく任務を受けていた、というのだ。

「それって、なんか眉唾ね」と希和は笑った。

「あんたかてアララやもん、うちら内地人にほんまのこと、いわへんわ。それよりなぁ、シモノクロヒトヒのとこ連れてってなぁ」と希和は催促した。

マクラトリノタロは何を思ったか小屋を出て、竹笛を吹き始めた。その音調は前回と打って変わって涼やかで立派なものだった。希和は誘われて外へ出た。そしてマクラトリノタロの顔を見て思わずあとじさった。

そこにはひとりの貴公子が立っていた。あの「見よ旅人よ、ここがマクラトリ峠である」と書かれた石碑そのままに、彼の凜々しい顔が「見よ、わたしがマクラトリ一族である」と言っていた。希和がまだ目にしていないマクラトリ峠の雄大な眺望が、その笛の音からあふれ出てきた。

(ああ、アララやわ。これがアララなんやわ) 希和は素直に喜んだ。内地のつまらない憶測や噂話、それらはみな清澄な竹笛と波の音に溶け込み消えて行った。

「マクラトリノタロ!」と希和は叫んだ。「うちをはよ、シモノクロヒトヒのとこへ連れていって!」マクラトリノタロはそのまま竹笛を吹きながら静々と歩き出した。希和は忍び足を踏むようにしてついていった。

ゲソ地区を出ると次第に林が迫り、道は狭まり、鳥や動物が騒ぎ、さらには何やら雲行きまでが怪しくなってきた。それが幻覚のようなものだと分かっていても、希和はともすると引き返したくなった。粗末なドンゴロスをまとったマクラトリノタロはいち度として希和を振り返らず、道なき道を迷うことなく、竹笛を吹きながら、歩き続けた。

そうこうするうちに、マクラトリノタロはふと立ち止まり、和歌のごときものを詠じたりした。音声はあくまで高く澄み、気高く高貴、すぐれて高邁であったが、あいかわらず言葉は意味不明であった。希和は面白がってでたらめな解釈を付けて笑いあった。

「しのにゆきー、かたくれおもう、さたどりかー、はらのまけまに、たおとしぐれてー」

希和のいいかげんな解釈は「ひと目を忍び歩きながら、かたわらのひとの心づかいを思うと、長い道のりをたどるのも気の毒だ。ときたま森が切れて原っぱが見える明るみでひと休みしてお昼にしようか、その間にも空はとうとう時雨《しぐれ》れてきたな」。

マクラトリノタロは気を良くして再び詠じた。

「なでさまらー、たちうらすぐら、ままよかきー、とにえかまえて、ろくさわはやらー」

こんどはやや難解だが希和のさらにいいかげんな解釈「なんでこのような道をさまよい、わたしたちはゲソ浦から林を過ぎてゆくのか。ままよ、こんなに遠くに来たからには、とにかくゆっくり構えて、はやる心を抑えて行こう」。

歩きながらふたりは、さも楽しげに笑いあった。マクラトリノタロの思わぬ余興に、ピクニック気分は変な文学散歩みたいになったのだった。とはいえ、道はほとんどケモノ道と変わらず、ほんとうにマクラトリノタロが毎日この道を屋敷まで売上金を納めに通《かよ》っているのか疑問が湧いてきた。三時間近くも歩いているのだから。

「いったい、いつ着くねん」と希和。

「シモノクロヒトヒの屋敷は、普段からそうだけど、いつも何処かへ移動していて、たどり着くと、やっぱり元の屋敷なんだけど、ものすごく歩く場合と、そうでなくてすぐ着く場合とがあって、今日はなかなか着かない場合なんだな。シモノクロヒトヒは十五分でゲソ地区に出てこれるって言ってたけどそんな近道、教わったことないしな」

「そやけど、なんかグルグル回ってる気するわ」

「また原っぱに出たら、やっぱりグルグル回ってるかもな」

「原っぱが見えたん」

「歌でも読もか」

「もう、ええわ」相手がマクラトリノタロでは打つ手がない。

「全体にはシモノクロヒトヒの匂いがしてきたぞ」

「匂いって、どんなん」

「うん、全体には倉の匂いだけど、部分的にムシロの匂いも混ざるしな」

希和はそのとき、ふと誰かに見られている気がして、森の梢を見上げた。こころなしか鳥の影がチラチラしたようだった。

「このへん、どんな鳥おるん？」マクラトリノタロは知らん顔して言った。

「トリトビノウミヤマが作った鳥の剝製がワサワサしてるしな」

「施設の剝製職人ね、そのひと」

「いろいろだし。正しくは鳥の王と呼ばなきゃ目が潰れるって、シモノクロヒトヒに忠告されたけど、この島の歴史から見れば正しいことだから、剝製職人ていうのは具合悪いな。でも、剝製作らにゃ食べていけないんだから剝製職人でもある」

鳥たちははっきりと姿を現すわけではなかった。彼らはあまり美しくない声で鳴き交わしながら、梢を渡る羽音すら忍ばせていた。それはまるで誰かに統率されているかのようだった。

「トリトビノウミヤマが近くにいる」と希和はひとりごちて、暗い森の奥に目を凝らした。しかしなんら動くものを感じ取れなかった。

「こんなことしてると、すっかり夜になってしまうわ」

「それは思わしくないな。だがおれは売上金を真夜中に届けたりしたことがある。たぶん夜道は月の光に射し照らされてぼんやりとは浮かぶのだ。目は闇に慣れて、この身は神経のかたまりとなって、あげくはシモノクロヒトヒの屋敷の門前か、あるいは倉近くの脇戸へと出ることだろうしな」

「足がだるうなってきたわ」

始めはまばらな木立だった周辺も、気づかぬうちに防風林の重なりとなりまた森となっていった。だから時計を持たぬ希和には鬱蒼と暗い樹林のトンネルが続くばかりで昼夜の区別もつかなかった。マクラトリノタロは希和を木の根かたに坐らせると足をもんでやった。そしてまたもや別人のように滑らかな文学的語調で言った。

「あわてることはない。どのみちここはアララへの入り口で、たいていの内地びとはここら辺で神経を病んで引き返すのだが、今は月光があたかもアカナイワムロノヒトヒの威光の似姿となって、さえざえとおれたちを透視している。なんという静寂と安息だろう。なんという恩寵だろう。古座江の村おさ、奥浜の牛麿の姫御子。あんたはこの島の唐突な息吹《いぶき》でもあったな」

希和はアカナイワムロノヒトヒの名が出たので少しほっとして、リュックからチョコレートを出してふたりで噛んだ。それにしても、アララに近づくにつれてマクラトリノタロが妙に頼もしく見えるのだった。

「思うに今夜は野宿ということになろう。この森のありがちな特性なのだ」

さすがに希和も驚いた。売上金を届けるのに野宿とは。シモノクロヒトヒなら十五分で通る道を迷いに迷って野宿とは……。思いもよらぬ挫折だった。

10　根回しおしな

次期町長候補の物色に、三人のオカミと源白和尚とが本音ばかり言い合って埒が明かぬのを、善証寺の隠居おしな婆さんが「ここはひとつ、おしなに預けなされ」と割り込んで、下駄を預けた形になってから、はや十日が過ぎた。

いっぽう薬師如来がとり憑いたという源白和尚は、ともかく土地の人から薬師源白と呼ばれるようになり、精気横溢して手が付けられぬようになった。

源白和尚は言動にやや異常をきたしてはいたが、古座江のひとたちに絶大な影響力を持っていることに変わりはないし、本人もそれを自負し、愚かな凡夫のためにまげて人情にしたがって堂籠りもやめ、次期町長選に出馬すべく着々と準備を進めていた。

古座江には、現町長と次期町長候補源白和尚という二つの台風の目が出来たわけだが、互いにまだ何の話し合いもしていなかったから、オカミたちは両者の疎遠につけこんで両陣営についての怪文書を流し、あわよくば漁夫の利を得んと布石を打った。

源白和尚派に対しては、身の程知らぬ俗事への介入が本山にも聞こえており、場合によっては召喚の憂き目を見るらしいという噂を流した。

町長派については、無謀なスパーランド開発計画が県の指導によって頓挫し、あせった町長はアララ島にその利権の矛先を向けているという噂を流した。

だがおしな婆さんはこのオカミたちの動きを鋭く察知した。そこでまず、乙吉島太夫頭のところへ出かけてゆき、茶菓子に出された白神饅頭に手もつけずに早々に切り出した。

「助役の原巻は町長派から出馬の危険もあるがいに、どっちにでも化ける男だきにがぁ、鼻薬には片手を用意しとったところを、はぁ、なにやらか臆病風に吹かれおってが、ふんに源白大上人も困り果てておるに、乙吉島太夫頭よ、あんたぁの白神さんとこの霊験を借りもして、ゆるゆると始末つけておくんやなぁ。そぎに、とことん薬師源白大上人猊下《だいしょうにんげいか》をば奥座敷から陽の当たる表庭に拝請《はいしょう》下すんなら、これとは誠に尊き神仏合体の歴史の回り舞台だぁわよ」

乙吉島太夫頭はわざと伝奏をそば近くに引き寄せ、やつれた風な声で元気なく答えた。

「聞けば、源白和尚はこの古座江の取り仕切りをばこころざしなさって、下《しも》から上《かみ》へ、上から下へといち日を二度三度に使い潰して歩いておるげな。よきことぞ」

「原巻助役は、こっちに寝返りかなったれば五〇〇の票をば持って、うちの源白上人に売りつける腹だがに、正直一〇〇票ばかりが当たりで、あとは流れますだぁに、太夫頭よ、白神さんの一〇〇〇をば譲ってもらえば、ちこと色つけますよが」

「聞けば、ここの社務所もいろいろと物入りで島渡りの許可証もちこと値上げするにやぶさかの、方針建《だ》てであるが」

「ほんな一五〇〇丸々のかかえで一本で行きましょかぁ」

「聞けば、なかなかですわ。社務所もなかなか物入りですわ。したに、一五〇〇を打ち止めとしてから、そこそこかかえて一四五〇がとことんだわな。したに、一本に上乗せて玉串三本だわな」

「むたいな。このおしなめが、白神饅頭に手もつけずの平身低頭の懇願をば、善証寺千年の法灯をばコケにしてから、玉串三本も上乗せしたは許せるかや。薬師の生き如来様を、小僧坊主とあなどって、白神のコケ神がざわざわと欲を張りたおし、心して腹くくってもらわにゃ、金輪際の仏罰ぞい」御簾《みす》の奥で怯《おび》えたような気配がした。

「聞けば、いろいろと物入りではあったが、それはそれとして、薬師如来現成仏にして善証寺第百二世、真法宗鎮西派大本山権大僧正源白量心大上人の代理人の改まっての御挨拶、ぼちぼち聞き心得ておくわな」

おしなは伝奏を下がらせて言った。

「乙太夫よ、パチンコ・パラダイスの山岡店長が近々出玉大出血するそうなが、まずはその打ち初《ぞ》めにゃ、乙をばテープカットの主賓に招待するのを打診ばしまっしょ」たちまち御簾が上がって乙吉老人が前座敷に転がり出て、この込み入った交渉もまずは手打ちとなった。とはいえ、おしなの不安は果てしも無かった。わが子を善証寺開創以来の栄えある町長にすべくあれこれと腐心していたが、やはり現町長の動きが気になって仕方ない。

「アララへ娘をやったは、ただの夏休みのお遊びだきに、ちこと牛麿の真意を、乙は小耳にはさんでおりゃるかいな」

「聞けば、アララにはさして問題もなく、はた松蔵島太夫の報告たらも（無異常）とばかりあるがい、心配はいらんと、こう踏んでおるが」

おしなは薄く笑って入れ歯を奥へ押し込んだ。どうやら松蔵めは太夫頭にいい顔だけを見せている。監視に付けた松蔵は、たっぷりおしなから調査費をもらって、逐一希和の言動を報告していたから、牛麿の小娘が夏休みの自由研究のためにアララに行ったのではないことぐらい承知していた。おしなは早々に太夫頭を辞去して徳斎翁の鏑木興産の事務所を覗いたが、徳斎翁は不在だった。

漁業組合に網勢も不在で、おしなは何やらキナ臭いものを感じたが、ともかく事務所にはたまたま嫁のムメ子が所用で来ていて面倒くささそうに応対した。

「善証寺のご隠居さん、達者でなによりですわ。うちのトモ安も湯上りのあとなんぞに噂しとりますんよ」

「トモ安たら、県の方でだいぶん羽振りきかせて、こちな古座江の町にゃ見向きもせんとは、潮風の便りに聞くがよ」

「いえ、うちのトモ安は県の方でカリカリやっておりますけど、町長さんの方こそ、それがちと面白くない按配ですよ。網勢の方も時代ですから網元ゆうたってボロボロですわ。ボロ網ですよぉ。うちのトモ安はそこをきちんと見切って、県の水産課にも顔売ったりの、こちな古座江のために無い袖まで振ってカリカリやっておりますに、潮風の便りはあてにもなりませんわ」

「牛麿とおまぁは、トモ安の留守に密談してキナ臭い手締めをしたとは潮風の便りに聞いたがの」

「あれは町長さんがえらくスパラン開発に身を入れなすって、うちのトモ安に県の予算たら探らせたのを、もともとが町長さんのひとり相撲のひとりズッコケですからに、うちのトモ安もほとほと困って、湯上りのおりにも次期町長のことなども頭痛めておったのですよ。そんなこんなで牛麿町長さんには、もすこし町の情勢をば見渡して欲しいと苦言したまででですよ」

「トモ安たら、湯上りに次期町長の心配なんぞせんでもよいわ。それはこのおしなめが、オカミから下駄預けられて、しらが頭をばふりふり、こうして根回ししておるからの」

ムメ子の目がまたキラリと光った。そして身を乗り出して辺りを用心深く見回した。

「その件ですがぁ、潮風の便りじゃ、ご隠居さんとこのお坊ちゃんがお出ましになられるとか」

「あぁいな。うちの大上人様がよ、まげて人情に従って、いやいや出ることになるかいとは思うに、したがオカミ三役をこうして回って意向の調整をばしておるのよ」

ムメ子は表情も変えずに「オカミといっても網勢はボロボロですけに」とせせら笑った。

「したに、おまぁのトモ安に県の方へと働きかけてと、ほれ、水産課長は善証寺の石段下の土産物屋の娘をば嫁にしとるからに、そこをたぐれば県のご意向もほの見えてこようがの」

「どうですか。土産物屋の嫁の線ではちと弱いとは思いますよ」

組合事務所は閑散としていて、役員の尾田と女事務員ひとりいるだけだった。夏場はさしたる漁もなく、秋から冬にかけては組合事務所も漁師たちで活気づく。

「なぁ、おしなさんやい。めずらしく組合に顔出してからが、難しい話ばかりして、ちと景気いい話やないんかや」と尾田がからかうように言った。

「おのしは黙っちょれ」そう言うと、おしなは女事務員の顔をまじまじと見た。

「ははぁ、あんたは斉藤とこの出戻りじゃな」

「よしてくださいよぉ。まだ出戻っていませんよ」

「義男とまだくっついておるんかい」

「義男はうちとこの兄ですよぉ」

「ありゃ、あんたは誰の嫁じゃったかい」

「下座の斉藤ですがい」尾田が口出しした。「出戻ったのは古浦とこの斉藤だぁ」

おしなはぷいとムメ子に向き直った。

「牛麿が希和をば島にやって、何やら探らせとるちゅうは嘘だわの。あない小娘になにができるかと町議会議長さんもゆうとるわ。したに、町長選を控えてみな神経じやきに、どんなささいなことたら、見逃すは損じゃ。上人様もそこんとこの見極めをこのババに指令して、もとが三地区の寄せ集めが、牛麿のクシャミでばらばらにならんようにとの、ご慈悲ですわい」

「うちのトモ安は、県の企業誘致でカリカリ働いておりますから、町長選などの根回しに引っ張りださんとおいてくださいな」

「なに、根回しなんど甘たるいことではなあ。トモ安が善証寺のために動いてくれれば分限金をば水引三本までトモ安に引き受けさせましょう」

「水引三本ちゅうてもいくらの票も纏《まと》まりませんわ。おたくの源白さんにも、ほとほと薬師がとり憑いて、あとさき糞みそにひっくるめての出馬とは、潮風の便りに聞きましたが、県では祭政分離の方針とかで、うちのトモ安も湯上りなんぞに言っておりましたよ」

「トモ安はよお湯に入るの。したに源白上人はもとより衆生済度こそが行政じゃと言っておるが、分離したんでは仏罰じゃ」

「なんですか、県の方では坊主の出る幕じゃないと……」そこへ尾田が割って入った。

「ババよ、善証寺さんたら県下の名僧じゃ。落選でもしたら、こりゃ天下の迷走じゃ」

おしなはじろりと尾田をひと睨みして組合を出た。そして（湯上りのトモ安め。カカの尻に敷かれおって）と吐き捨てるようにつぶやいた。

おしなが帰るとムメ子は県庁のトモ安に電話した。

「水産課長さんには、こんどの町長選、話したんですか」

（ああよ、網勢さんの悪いようにはせんとのことだったわ）

「それは何もせんということですよ」

（まさかじゃろ。課長さんたら充分にソロバン弾けるひとだぞ）

「あんたぁ、湯上りの風呂ボケじゃあるまいし、眠たいこと言っちゃいけませんよ。あたしの言うとおりに動いてくれにゃ、町長の椅子は月より遠いですよ。おしなも牛も徳斎も今はバラバラに動いていますから、あんたみたいな青二才でもチャンスなんだわ」

（何のチャンスかい）

「何を湯ボケしてからに、あんたぁ、一生ずっと県の使い走りでいいんですか」

（そな話、電話ですることか）

「あんたぁはカリカリのエリートですよ。こんな田舎で魚の干物をかじって潮臭い男になってもらっては、あたしも女子大出のメンツにかけて悔しい限りだわ。近代的エリート夫婦のピカピカのホワイトでこの町がまぶしくならにゃあ、はるばる嫁いできたあたしのミサオはどおなるのよ」

（この忙しい昼ひなかに、おまえのミサオなど言い合ってる場合じゃないだろうが）

「あたしは町長夫人として立派にこの町を取り仕切るつもりだわ。あんたはホワイト顔して坐っているだけでいいんよ」

（町長たら、ちんけな肩書だわ。なに、どうせ法螺吹くならゆくゆくは県知事夫人と言ったらどうかい。今すぐとは言わないが県に尻向けちゃあならんぞい）

さすがにムメ子もぐっと詰まった。頭の空っぽはいざ知らず、こうも世間ずれしていてはトモ安に明日はない。ムメ子は暗然として電話を切った。

11　正義　この弱きもの

　アララ島ゲソ浦は島の表玄関で、市街とほとんどの公的施設がここに集中していた。地区事務所はコンクリート二階建ての、島で最も大きな建物だった。二階に地区長・公民館長・監査官の三役室と会議室があり、一階に施設課・会計課・福祉課・庶務課・漁業組合支部などがあった。事務所の横手には公民館と一戸建ての島太夫専用宿舎があった。ここに松蔵島太夫がひとり寝起きしていたが、むろん内地には白神神社境内に一家を構えていた。前述の通り、島太夫職というのは神人と町嘱託員との兼職をいうが、江戸時代からある特別職で、世襲だったから、その能力は始めから期待されていない。しかし、有能無能にかかわらず、島太夫という特権職は一般職員から見れば厄介な存在だった。アララ島が白神大社別宮の飛び境内地であることによって、島内は町政と神社とのゆるやかな二重管理になっており、その優先順位は極めて曖昧だったのである。その分、島太夫の存在が厄介となるのである。

　島太夫は、役所の制服の上から権威の象徴としてペラペラの白い神人衣《じにんえ》を羽織っている。たとえ夏の炎暑でも肌襦袢のうえに着ていたから、神人衣は汗でベトベトになり、その恰好はまるで濡れ手ぬぐいを被ったテキヤのようだった。

ある日、松蔵島太夫が昼飯のあと、いつものように宿舎で寝転んでいると、裏口であやしい物音がした。不審に思って出てみると、そこに体じゅう皮膚病におかされた乞食女カガミノカゼヒメラがいた。

「めずらしいだね、カガミノカゼヒメラ」

松蔵島太夫に振り向きもせず生ごみを漁っていたカガミノカゼヒメラは、施設の食堂裏でかき集めた残飯入れの袋を大事そうに抱え直して初めて、松蔵島太夫を見やった。

「地区長さんはおりやすか」

「内地だぁ」

「監査さんはおりやすか」

「これも内地だぁ」それだけ聞くとカガミノカゼヒメラは立ち去ろうとしたので、松蔵島太夫は慌てて引き留めた。

「お偉方になんの用か知らんに、まあ上にあがりいや。あんたもいろいろと噂は聞いおろうが」

「なんのことかい」

「開発だがよ、ここの」

「知らんな」

「あんたの住むカガミ池は、さすがに県の観光課も匙を投げた秘境だわな。だがよ、いかに秘境とはいえ県および古座江町の特別区であることにゃ違いない」

松蔵島太夫は昼の喰い残しのソーメンをどんぶりに無造作にあけてカガミノカゼヒメラに与えた。彼女はむさぼるようにそれを平らげた。

「その特別区だぁがよ、問題はカガミ池からササラサ川をのぼってトトリコ谷への一帯がいまだ手つかずの状態で、ここの関口の飽くなき調査をもってしてもよ、測地不能だっちゅうことだわ。行政の、まあ言ってみれば限界だわ。内地から、いや県の方からも矢の催促で測地をいってきなさるから、見ての通りメシも喉に通らん始末だわ」

「で、何をどうしろというのさ」

「悪いようにはしねえ、すまんがシモノクロヒトヒに話をば通してくんやい」

「あんた、シモノクロヒトヒとなじみじゃないか」

「うんにゃ、天下の島太夫とはいえアララの血筋は苦手じゃきに」

「測地してどうしようというんだい」

「なに、奥地に手を付けようというんじゃない。ゲソ浦もちこと手狭になったからに、そこそこ改修なんどしたりの、ほれ町や県やらへの補助金請願書にな、添付地図をと考えるに実測地図が無いでは、とんだお笑いぐさだぁ」

「だれが笑うんだい」

「世間様がよ。ゲソ浦のていたらくをば、この松蔵島太夫の日ごろの精勤を棚に上げて笑うのよ。島太夫が笑われれば白神大社にも傷がつく。万古不易の白神がよ」

ある時は風となって天空を翔けるカガミノカゼヒメラも、ここゲソ地区では単に薄汚れた腹すかしの乞食女だった。ここでの単純な利害と駆け引きですら彼女の手に余り、本来の自由を奪うかのようだった。その証拠に、カガミノカゼヒメラは松蔵島太夫に小銭をもらうと嬉しそうに言った。

「久しぶりに農具小屋でパンでも買うかね」

「ああ、そうし。そうしたらええに。そのかわり農具小屋でシモノクロヒトヒにおうたらば、この松蔵めがあくまでお前たちアララの立場に立って行政と正面渡り合っているることをば告げてくれやい。開発たらゲソ地区どまりのこったから、よくよく呑み込んで、アララではいままで通り快適な生活が送れるとな」

カガミノカゼヒメラがのこのことゲソ地区に何をしに来たか、松蔵島太夫にははなから興味ないことだった。アララを治めるとはシモノクロヒトヒを懐柔するのと同義で、ほかのアララびとは問題外だった。少なくともゲソ地区の幹部たちはそう認識していた。唯一、関口施設係のみアララをひとまとまりの強固な結合集団とみて、細かい気配りをしていたが、それとてゲソ地区に現れるアララびとに限ってのことだった。彼もまたシモノクロヒトヒがキーパーソンであるとは分かっていたし、島内調査の際には足しげくシモノクロヒトヒの畑や農具小屋に通って協力を要請した。しかし常にその結果は微弱なものでしかなかった。

松蔵島太夫はカガミノカゼヒメラが立ち去ると地区事務所の二階にあがり、地区長室へ入っていった。そこには不在なはずの地区長がいた。

「地区長さん。あんたがお察しの通り、古座江に怪しげな風が吹きおってからに、何やら島もキナ臭くなりましたわ」

「ああよ、わしも、早に五年もの間をば、この辺境の地で腐れ卵をむきにむき、喉にも通らぬカス仕事を喰い散らしておるよ。牛磨派についたばっかりにが、県のお歴々とも遠ざかり、内地の顕職は月より遠くなったがな。したに、近頃の潮風の吹きようが、ちことわしにもここちよく思われて、浮いたり沈んだりのこの身にも淡い未来が見え隠れしちょるよ」

「だわな。あんたの本来の権勢たらこんなちっぽけな島のカス仕事にゃもったいない。だにからここなひとつ、次期町長をばうちの島太夫頭の息のもんでぐるっとまとめておいたら、この松蔵めが地区長さんをめでたく内地に凱旋させようがに」

「どんなポストに凱旋するだ」

「おしなの伝達によれば、源白が乗り気の脂照《あぶらで》りで、うちの島太夫頭の息も詰まりがちだわ。おしなにゃ、見かけは協力的にもしている今日この頃だがに、おしなとてこの松蔵めが島太夫頭の手先だとは百も承知で、こっちの手のひらには乗って来るんだわ」

「込み入った話じゃのう。現町長派と源白和尚派とさらには島太夫頭派の三つ巴じゃきに。したに、アララ特別区の地区長たら、内地の町役場なられっきとした中級二等職で、県にあてはめてもそこそこの管理職だわ。だに、この島の地区長たら潮風がきつくて堪らんよ。町の方で、このわしをばせめて助役心得に着けてくれれば、島の五〇〇票は島太夫頭の方へ取りまとめようぞ」

「なんの小心な。欲のない地区長だわ。ことが成就したれば助役心得筆頭ですがい」

地区長は嬉しそうに身を乗り出した。欲がないといわれたことも嬉しかったが「筆頭」という言葉はもっと嬉しかった。

「じゃきに、島太夫頭の息っちゅうは実際に誰かい」

「もっともだわ。これは乙吉島太夫頭の脇腹の子で辰吉島太夫と名のっとる男ですわ。白神大社別宮の摂社《せっしゃ》におりますよ。ちと頭は足らんが体だけはめっぽう丈夫だわ」

「町長の激務たら、まずは体だわな」

「頭の足らん分は助役と心得筆頭の二大巨頭で補佐すりゃ、町政も思いのままだぁ」

地区長は激しく心をゆさぶられた。町政が思いのままという言葉こそ、この原始生活に等しい離島のうらぶれた閑職の身にはズッシリとこたえるものだった。

「天下取りの醍醐味たらこんなものかの」

「それにゃまず、ノロ牛をば蹴落とさねば始まらんですよ」

地区長は椅子を蹴飛ばさんばかりに勢いよく立って、うしろの戸棚からブランデーを取り出した。

「こりゃ豪気だわ、ナポレオンじゃないかに」酒好きの松蔵島太夫が揉み手をしながら泳ぐように近づいてきた。

「天下取りのナポ助なら、わしの門出祝いにぴたしだろう」

そのときデスクの電話が鳴った。地区長は出鼻を挫かれて不機嫌そうに受話器を取ったが、たちまち直立して声を改めた。

(地区長かい、古座江の町長だぁ。奥浜だ。こんたびはうちの娘がえらく世話になっておるけども、その後どうかね、元気にしとるかね)元気もなにも地区長は希和のその後の動向についてはまったく無関心だった。

「まったくですなぁ、なんとも大変ご機嫌でありまして、この島も一同喜んでおりますよ」

（なにをそんなに喜んでいるのかね）

「いやなにをというて、とことんですよ。なにせ、こんな狭い離島のチンケのようなあんばいばかりで、なにかとご不自由かけたりの、迷惑なことですわ」

（娘が迷惑かけとるのか、娘の渡航が迷惑なのか、どっちだ）地区長はあわてて遮った。

「なんの、なんの。ただ有難いことですわ。してから他に何かご用事ですかい」

（明朝の第一便でそっちへ渡るからな）

「そうですか。で、どんな部署のかたがお渡りですかい」

（わしだよ。わしが直々に娘の様子を見に渡るんだわ）地区長は思わず手にしたナポ助のボトルを床に落とした。

「したに町長さんのご出張は然るべく部署を通じて事前に通達があって、ほいでに、地区三役会議をもって、その歓迎式次第を協議し、然るのちにそのアウトラインをば町長秘書課に推し量り、裁可を得てのちに、然るべくこちらが検討準備しての御光臨という段取りになっておりますですわ。いきなり明日行くでは、ああともこうともなりませんです」

（いや町長として正式訪問するんじゃない。娘の親としてお忍びで行くんさ。あとはよしなに、万事内々の略式で。ほじゃ）と言って電話は切れてしまった。たちまちふたりはパニックになったが、数分を待たずして再び電話が鳴った。悪いことは重なるもので、県のトモ安からだった。

（ああ地区長かい。急な話で悪いんだが、明日の第二便で県副知事閣下がそちらへお渡りになる。スケジュールの関係でそちらの都合たら斟酌《しんしゃく》できんのです。首を賭けても失礼のないように徹夜の準備をしてくれたまえ。以上だ）

信じがたい事態が、いまや地区長の身に降りかかりつつあった。地獄もこれほどには非情酷薄ではあるまいと震えおののいた。思えばさしたる学歴もコネもなく、こつこつと各役職の窓際を泳ぎ抜け、目立たず選ばれず褒められずの三原則に徹して、離島ではあったがようやく長と名のつく栄職にありつき、痔もやり胃潰瘍もやり淋病もやりつつどうにかここまでささやかな充実感に浸る毎日であったのを、町長と副知事のダブルパンチによって、彼のうすっぺらい人生ははかなくも崩れ去ろうとしていた。ナポレオンをナポ助などと小馬鹿にした自分を恥じた。しかし自分の不遇を嘆いてばかりいられなかった。地区長はなかば怒りに震えながらトモ安に電話しなおした。

「その件に関しましては、委細承知ではありますが、なにとぞ地区事務所の庶務課の方へスケジュールをばすぐにもファックス頂いて、然るのちに三役会議にて善処いたしますれば、しばらくはファックスの押し戻しで、おいおいアウトラインも決まりますればこちらといたしましても徹夜で準備と、こういたしたいのですが」

（地区長はもうよいよ。委細承知だ。島太夫をば出してくれ）松蔵島太夫がひったくるようにして受話器を取った。

「いやぁどうもな。網勢の倅《せがれ》のトモ安だないか。元気そうでなによりじゃ」松蔵島太夫は一か八かで高飛車に出た。明らかにトモ安の声が怒りに曇った。

（島太夫よ、何を言うか。県の通達をばいたしておるときに元気もへったくれもないよ。病《やまい》の床《とこ》からこんな通達が出来るかいや）松蔵島太夫は受話器を持ったまま平伏してしまった。

（島太夫よ。閣下が島へ上陸の折は、おぬしがお祓《はら》いばして先導せい。それだけだぁ）地区長が今度は受話器をひったくった。

「それじゃあ、そういうことで、はい。ファックスをば、はい」地区長は死人のように青ざめて松蔵島太夫を振り向いた。

「松蔵島太夫よ、神も仏もないのだわ、この島にゃよ。法も正義も無茶苦茶だわ。神の方は島太夫頭が勝手に仕切り、仏の方は源白和尚が勝手に仕切り、行政はトモ安が勝手に仕切り、もう無茶苦茶だわ。法たら正義たらかくもか弱きもんかのう」ところが松蔵島太夫は存外ケロリとしていた。電話口でのあわてぶりはどうも眉唾らしかった。

「地区長さんよ、そう嘆くない」

「これを嘆かでなに嘆く」

「あんた、この島の古来からの掟を忘れたかいね。島への渡航許可権は内閣が代わろうと知事・町長が代わろうと神代《かみよ》の昔からうちの島太夫頭が握っておるのよ。島太夫頭が首を立にふらにゃなんともならんわい」地区長はたちまち喜色満面となった。か弱いながらも正義はまだあったのだ。

12　重大な警告

希和たちが森で野宿をして、シモノクロヒトヒの屋敷にたどり着いたのは午前九時を回ったころだった。屋敷といっても、それは希和が想像していたのとはまったく違っていた。

「なんだか弥生時代やねえ」

森を開いた千坪ほどの空地に、弥生時代風の高床《たかゆか》式の家が数棟点在していた。その中心に奈良正倉院風の校倉造《あぜくらづくり》の大きな母屋が一棟あった。

マクラトリノタロに従って母屋の階段を上って中に入ると、室内は窓がないのにひどく明るかった。見ると天井に明かり窓があって、ムシロを敷き詰めた床《ゆか》が光り波打っているのだった。湿ったワラの匂いとともに蒸し暑い空気がふたりを包んだ。

奥の板戸が開いて主人のシモノクロヒトヒが出てきた。日焼けした筋肉質の体に鋭い視線の頭が乗っていた。非常に端整な気品のある中年の男だった。希和が挨拶すると、にこりともせずに低くよく透る声で「よくおいでなすった」とだけ言った。

マクラトリノタロは悪びれるふうもなく、昨日の農具小屋の売上金を差し出し、町長の娘希和に頼まれてここまで同道してきたことを、よどみなくしゃべった。ゲソ地区ではシモノクロヒトヒにあれほど卑屈にいじけていたのに、どうしたわけか、ここではまるで対等の立場にあるかのごとく自然体にふるまっていた。希和にはそれがひどく嬉しかった。

(ここではアララ同士、対等なんやわ)と。

「森を抜けたんだな」とシモノクロヒトヒが言った。

「森はことさら深くて、常のようではなかった。タチイデノスグレ。あんたがそのようにしたんだな」

「朝食を運ばせよう……」そう言うとシモノクロヒトヒは奥へ消えた。

「タチイデノスグレって?」

「ここではそう呼ばないと、なにも始まらない」

「とっても不思議なひとやね」

「地区のひとたちは、みな手こずっている。いつだって地区からの要請を無視するし、そのくせ先回りして地区のために手を打っている。誰ともまともにしゃべらない。地区三役はことさらコケにされるが、三役の仕事の邪魔をしたことはいち度もない。ただにシモノクロヒトヒはアララへの入り口をかたく守り、それがタチイデノスグレであることだ。それでもおれは時折りにはタチイデノスグレとマクラトリ峠まで出向くことがあるよ。すると必ずトリトビノウミヤマもカガミノカゼヒメラもやって来る。

タチイデノスグレは言うんだ（わたしにあってはアカナイワムロノヒトヒを奉じ、他にさしたることもない）とね」

それにしてもシモノクロヒトヒ（タチイデノスグレ）の物静かな威厳たるやどうだろう。内地にはこんなひとは皆無だし、まるで歴史上の人物みたいに自信にみちた足取りは、このひとの物語性そのものだ。顔に鋭いひきつれさえなければ、ほとんど美男だった。ゲソ地区ではシモノクロヒトヒとあだ名されつつも、ひとかどの地主であり事業者であった。しかしそこには一族の鬱屈した影を帯びた悲しみのようなものを漂わせていた。そしてアララびととしてはタチイデノスグレという誇り高く美しい古名を名乗り、永遠の日々を送っていたのだった。

折敷《おしき》にご飯、汁と少しの煮ものを盛った朝食を、ムシロにじかに坐って摂っていると、いつの間にかシモノクロヒトヒがかたわらに立っていた。

「あたかもカガミ池から発したササラサ川の支流が、マクラトリ峠のすそ野を横切り、次第に流れをゆるめながらミロク沢に至る、その辺りの森を通ってきたのだな」

とシモノクロヒトヒは言った。

「そうなのだ。あそこいらは、アララとゲソ地区とのいわば暗黙の境界線であるわけだし、その道筋の混沌とした入り組みぶりは、この内地からの娘を連れての行程としては、少しく困難だった。あんたが苦も無くよぎる常の道はかりそめの影さえなかった」

「トリトビノウミヤマが絶えずそのことをわたしに報告してきたが、案ずるに及ばずと、そう言って捨て置いた」

「トリトビノウミヤマは、この娘が島に上がって以来、アスカラ岬へと居を移して、そこから時としてマクラトリの石碑に舞い降り、アララがこの娘をどのように扱うかを心砕いているらしい」

「あれは、アカナイワムロノヒトトヒの本心を知らぬから、カガミノカゼヒメラやアオミネヌレヒトヒにも近づき、いろいろと心配しているのだ」

「そこにアカナイワムロノヒトヒ、いや何者かの働きかけがあると、いうんだね」

「明言は避ける。だがこの島は、なにがしかの新たな命運にさらされ、またそれを受け入れねば、アララでなくなるのだ。それはカガミノカゼヒメラも感じている。今ようやくにしてこのタチイデノスグレになにかしらの責務を負わせようとしている。それはよい。それはわがタチイデノスグレ一族の勤めだからな。だが問題はアカナイワムロノヒトヒそのひとにある」

　このふたりの妙なやりとりは、希和にとって無関係でもなさそうだったが、だからといって、とても割り込めるようなスキもなかった。希和は考えた。やはりすべてがアカナイワムロノヒトヒなのだ。

「アカナイワムロノヒトヒってどこにいやはるん？」希和のこのひと言でふたりは沈黙した。しばらくしてシモノクロヒトヒが柔らかな微笑をたたえて言った。

「この島では、アララびとがアララのことを話しするのは自然なことだ。ゲソ地区の人間がアララのことを話しするのは余り望ましいことではない。ましてや内地の人間が、いやその子供がアララのことを話しするのはほとんど意味がない」

「でも、うちはこの島に来るとき、まずシモノクロヒトヒを訪ねよって父さんに言われたんよ。シモノクロヒトヒは決しておまえをおろそかにはしまいって」

「朝食を差し上げたではありませんか」

「このあと、何処へ案内してくれはりますの」

「アララ島には予定というものがない」マクラトリノタロがクスリと笑った。

「だんだんに日が暮れ、また夜が明ける。アララ島はひたすら海に洗われ、さしたることもない」

「ひとつ警告しておこう」とシモノクロヒトヒが言った。

「内地の人間がこのアララ島の奥深くに侵入した前例はない。ここが、このわたしの屋敷回りが限界なのだ。これより奥は定かな道はない。あっても一夜の雨で消える。そこを無理にでも貫こうとすれば、日を経ずして命は絶たれる」希和は特に驚かなかった。夏休みはまだたっぷりあったし、この島は謎が多すぎてゾクゾクした。自由研究にはもってこいだ。さらには希和が最も心躍らせたのは、希和を奥へ奥へと押し込もうとする不思議な力だった。希和はそれを密かに「アララの風」と呼んでいた。その風の吹くままに身を任せてなにも考えず、ただ好奇の目だけを輝かせて、この変なひとたちについてゆくのだと決めていた。だからなんの予定もないというこの島の在り方は、希和にとってどうでもよいことだった。

「ええわ、ほなここでしばらく遊んでるわ」

シモノクロヒトヒもマクラトリノタロもゲソ地区へ引き上げて行った。希和は、この敷地内なら自由にしてよいと言われて、さっそくに屋敷内を歩き回った。だが、そこは人影とてなく、午前中いっぱいは誰にも会わなかった。昼時になってからようやく、ひとりの女が昼食を呼びに来てくれた。その女はシモノクロヒトヒにそっくりだった。

希和は食後の昼寝を一時間ほどして、体中に汗をかいて目が覚めた。風がなく、森に囲まれたこの敷地は蒸し風呂のようだった。川でもあれば泳ぎたいと思い、ひとまず母屋を出た。

幸い何人かの人影が建物の陰にいるのが見えた。希和はひとなつこく近づいていって、川があるか尋ねた。女も子供もそこにはいたが、みなシモノクロヒトヒにそっくりだった。そっくりといって、親子兄弟が似ているといった中途半端なものではなかった。シモノクロヒトヒそのひとが女であり子供であったのだ。

その時、希和は「あっ!」といって気づいたのだった。

(あのシモノクロヒトヒは偽物やわ。ここにいる女も子供もみんな偽物やわ)

先ほどの、マクラトリノタロとシモノクロヒトヒとの、なにかよそよそしい型にはまった会話。いや、あのマクラトリノタロですらゲソ地区でのかれとは、余りに違い過ぎていた。ここでのマクラトリノタロは自信に満ち、言葉のはしはしに奇妙な芝居気があった。（なにかをうちに分からせようとしているんやわ。いろんな手つかって、わざわざ野宿して。そやわ、うちが寝てる間にゲソ地区のマクラトリノタロとアララのマクラトリノタロが入れ替わった！）

ふと気づくと、建物の陰にいた人たちは影も形も無かった。希和は急いで母屋に駆け戻った。母屋の中はガランドウだった。ムシロはそのままだったが、家具調度がすっかり無くなっていた。

希和は母屋を走り出て、森の周辺や朝来た道をくまなく探しまわった。なにかしら痕跡がないか目を皿にして見回ったが、それは徒労に終わった。

希和は再び敷地の中央に戻ると、ジリジリと照りつける天を仰いで叫んだ。

「アカナイワムロノヒトヒ！」

辺りはシンとして、鳥の声すらなかった。

13　権力への意志

古座江の夏は海水浴客を除けば、あまり快適とはいえない。もともとが、温帯から亜熱帯にかかろうという所に位置し、高温多湿であった。したがって町役場のある中心街区も昼ひなかは閑散としている。町そのものも旧態依然としており、町政とは別に町の顔役オカミが勢力を持ち青年団や青年会議所もいまひとつ振るわなかった。そのことが古座江が町から市へ飛躍できない原因のひとつだった。人口的には市制昇格に今一歩だったが、それなりの機運というものがなかった。

牛麿町長のスパーランド計画にしても県の青年会議所は動かなかったし、県庁との連携にしても開発課は出資企業の選択に足を取られて、牛麿町長の原案を放置し、ために開発課の肥大化した計画案がいつの間にか先行していった。肥大化とはアララ島開発をも抱き込んだということである。これは牛麿町長には想定外の事態であることは言うまでもない。

だが牛麿町長はオカミたちから「虫麿」と嫌われたひとである。それはオカミたちにまったく敬意を払わないこともそうだが、牛麿町長の極めて合理的政策が、いわゆる地元有力者の根回しの原則を無視して直接に県と交渉するからであった。それは町にとって重たい存在の県に、オカミが絡むと余計に重たくなると牛麿町長が判断しているからに他ならない。

ある日、牛麿町長は徳斎翁の傘下にある町の支店銀行から筋道をたどって、県庁にあるその地銀本店へ取引の重点を移した。その時点で徳斎翁の苦言はなかった。次に県庁に赴いて地銀本店の紹介ということで県商工会議所の代表に渡りをつけ、料亭「菊乃屋」で懇談した。次に商工会議所の紹介で県議会企業誘致推進委員会委員長と中国料理「清苑」で懇談した。次に、県青年商工会議長とレストランで懇談し、次に、婦人労働連合会代表とグリルで昼食を共にし、次に、県放送記者クラブ同友会と居酒屋で痛飲し、次に、学校教育推進協議会代表と喫茶店で意見交換し、最後に、県小売商繁栄会のメンバーとふれあい広場で立ち話をした。

こうした牛麿町長の精力的な交渉にどれほどの効果があったかは不明である。また牛麿町長本人もその成果には無頓着のようであった。というのは利権が絡まない話など誰も本気で聞かないからである。牛麿町長の狙いは単なる顔繫ぎに過ぎなかった。次の町長選に出るとも出ないともなんら正式に意思表示しない牛麿町長にとって、この顔繫ぎはある種のオカミたちへの圧力だったのである。県の開発計画にオカミたちに安易に同調されては面倒であり、また同調派の町長が選出されるのも防がねばならなかった。

牛磨町長は県開発課の肥大計画予算をトモ安から聞いていた。そしてオカミたちはそれらの強大な利権に絡もうとしていることも聞いていた。そして肥大計画について町長が反対であることにトモ安は驚いた。開発からアララ島を護る義理など古座江町にはこれっぽちも無かったからである。むしろアララ島観光開発の拠点として古座江町が浮上すれば、古座江にとってまたとない活性化のチャンスであった。規模において牛磨町長のスパーランド計画の比ではない。ましてや国家規模のプロジェクトにでもなればアララ島には空港ですら夢ではない。空港が出来れば国際化も夢ではない。国際化となれば古座江町は古座江市となりどれほど潤うことか。考えただけでも頭がクラクラするではないか。だが、牛磨町長はその夢を拒絶した。何故なのか？

牛磨町長の顔繋ぎ運動を察知して、徳斎翁から三ページにわたる警告書が届いたのはそれから間もなくのことである。まず一ページ目に「思うに、貴兄の遠大にして細微なる町政の諸執行なるものは、古座江史上誠に奉敬いたすべきことなれど、如何せん、時の趨勢や貴兄の構想に賛同することを得ず。ここに老婆心ながら一書をしたため、これを警告するものである」というきわめて古臭い前書きがあり、二ページ目に次のような警告がなされていた。

「一つ、町長の職は今期任期満了を以って辞すべし
一つ、任期満了までの期間、重要案件決議は保留すべし
一つ、アララ特別区に関する如何なる条例変更もこれを許さず
一つ、任期中のアララ島渡航は公私にわたってこれを慎むべし
右　古座江元老職諸役位方　連署花押《かおう》以ってここに識《しる》す　」
そして三ページ目に仰々しい連署が添えてあった。
「　筆頭　古座江網元　銀杯木台付叙勲者　現町内会相談役　古座江漁業組合参与
「磯釣りの会」顧問　古浦勢衛門　署名　花押
次席　白神大社別宮筆頭神人　旧従六位藤原朝臣源三郎正親　現町議会相談役
古座江宗教連盟常任理事　婦人社会問題協議会最高顧問　切り絵愛好会
同人　村上乙吉島太夫頭　署名　花押

詰め　蔵持　旧正六位藤原朝臣頼雅　現県銀行連盟特別監査役
県金融組合特別理事　県ノンバンク奨励会会長　古座江「頼母子講」監
査
古銭収集愛好会賛助　「古い家柄を考える会」同人
徳斎翁　鏑木市之丞　件の如し　」

牛麿町長はこの警告書をしばらく眺めていたが無表情のまままとりあえず不要ファイルに収納した。そしてこうしたオカミたちの暇つぶしを封じるべく次の手を打った。
それは、自分は次期町長選に出るつもりはないこと。したがってスパーランド計画が仮に軌道に乗ればその業績は次期町長のものになること。また当該計画は県との太いパイプ構築の一歩であり、町政の拡大であること。などを明記し、さらに先ごろ受け取った某警告書について意見を添えた。それは、某署名入り警告書（某とは事実未確認ゆえ）は明らかに町政への内部干渉であり、また次期選挙への事前妨害であり、取りようでは脅迫罪に該当することを挙げ、某警告書の写し三通を作成し、これを行政指導審議会、さらには県警本部に送付する旨、オカミ三元老職と源白和尚とに通達した。

さてこの通達の効力はいかがだったか。これとて牛麿町長はさしたる期待は持たなかった。

それよりなにより、現町長が次期町長選に出ないことをハッキリ文面で明示したことに絶大な効果があると踏んだ。その効果とは、オカミの共通の敵である牛麿現町長が出馬しないとなると、三人のオカミたちはたちまち互いが敵同士に陥ることであった。つまり与党候補がゼロなら野党候補たちは共喰いになるという図式に近似するのである。

牛麿町長はこれを期に、突如町役場に姿を見せなくなった。採決はすべて助役に一任した。そしてある日、いとも気楽そうに白神大社別宮社務所を訪れ、私的アララ島渡航許可証の申請を乙吉島太夫頭宛て提出したのである。その頃オカミたちはとうにパニックに陥っており、乙吉島太夫頭などは警告書に署名したことを、気も狂わんばかりに後悔して、伝奏役付島太夫を蹴倒したりしていた。さらに刑務所暮らしの経験談を聞くべく、白神大社別宮御用奥谷組幹部を呼びつけ酒を振る舞ったりした。そんな折、牛麿町長から渡航許可証発行の打診電話があったのである。それは乙吉島太夫頭が町長の真意を測りかねてオカミたちと相談しているさなかであり、さらには町長が許可証発行申請以前にすでにアララ島現地の松蔵島太夫に渡航連絡を済ませていることも判明した。ここにおいて、現地島太夫からの緊急電話連絡があったのは、ダメ押しというべきものだった。松蔵島太夫の「牛麿町長を決して島によこしてくれるな」という悲痛な声は乙吉島太夫頭の神経をズタズタに引き裂いた。彼は御簾の内に立てこもって、たまたま運悪く白神大社本宮の渡会《わたらい》大宮司が別宮視察に訪れたときも顔を出さなかった。これは彼の重大過失であった。旧正三位である渡会大宮司は大いに怒り、「わたくしのわざわざの下向において、別宮権禰宜《ごんねぎ》見習いとはいえ、たかが神人職の身で然るべき応対も無くに、これを無視した不遜きわまる態度は、白神大明神の御神威を汚すばかりか、日本神道の謙譲なる職性にあるまじき振る舞いとして、これを日本神道本庁に上奏するは必定とこころえませ」と言い切ったのだった。

実は渡会大宮司は別宮視察などに見えたのではない。アララ島史上始まって以来の副知事渡航の内定につき、その渡航許可証の発行に遅滞なきよう促すとともに、このアララ島渡航許可権そのものを白神大社がけっして失わぬよう注意確認するためであった。渡会大宮司はすでにアララ島開発による渡航許可権の莫大な利権に目をつけていたのである。そんなことは乙吉島太夫頭のような旧従六位の立場では知る由もなかった。

乙吉島太夫頭が災難に会ったのとは対照的に、徳斎翁は極めて冷静に警告書事件に反応していた。つまり徳斎翁は牛麿町長に対して、警告書なるものをわたしは知らないと言ってきたのである。その証拠に徳斎翁は警告書なるものに署名した覚えはないと言った。牛麿はすぐ察しがついた。つまり警告書の張本人は徳斎翁そのひと以外あり得ない、と。なぜなら徳斎翁はあの警告書を書き、他の二名のオカミに署名させ、自分は「件の如し」とだけ書いて署名・花押せず、後顧の憂いを絶っていたのである。

しかしいずれにせよ、町長選不出馬と私的渡航申請の余波はけっこう大きいと、牛麿町長は踏んだ。案の定、ほどなく徳斎翁が奥浜邸に現れた。

応対に出た沙都とは何年ぶりであろうか、徳斎翁とはいち度は婚約を交わした仲ではあったが、破談以来の無沙汰であって、今更ながらに沙都の美しさに驚いたのだった。

「姫には久しくの御無沙汰で、まことにお変わりもなく安堵いたしたわけですが、わたしなどは先代様からの約束通りに、あなたを妻に召しておけばと、しばらくはつらい後悔の日々であったのを、思い出しましたよ。ほかでもない、あなたの夫君には、この町もほとほと手を焼き暮らして来たのですが、ようやくに夫君も次期は不出馬の意向を固めたよし、慶賀の至りです」

「主人からは何も聞いておりませんが、町長を辞すると言うのなら、いろいろお考えのことでしょう。若いころは国会議員の秘書などもしていたようですが、根が鷹揚なひとですから、気が向けばどんな仕事でもこなすひとです。もともとが父の仕事を継いだだけでしたから、これで肩の荷が下りるでしょう」

「それはそれとして、なかなかに賢明なお覚悟です。したに、どうも解せませんのは任期少ない今日この頃に、なにゆえあってかまた、アララ島への強引なる渡航を申請なすったか、わたくしども元老三役も首をひねっておるのです。任期少なしとはいえ、現役の町長が定期視察ならいざ知らず、突如としての私的渡航となっては、こりゃ、現地の関係者らはたまったもんではありません。奥浜町長に何か下心があると、こう勘ぐられてもしかたないのですよ」

この時、何を思ったか沙都はすっくと席を立ち徳斎翁に面と向かって言った。

「奥浜家をなんと見ていらっしゃる。無礼です！　ここを出てすぐに山へお帰りなさい」

徳斎翁は腰が抜けるほど驚いた。しとやかで清楚な沙都姫が、こともあろうに元老格の徳斎翁に声を荒げるとは。そしてあわてて腰を上げた徳斎翁の目の前に、サッと扉が開いて町長本人が現れた。

「ああ、お見えでしたか。お構いもせず、もうお帰りですか」

「お留守なれば失礼いたしたく、こうして立ちはしましたが、町長がおられるなら、少しく当方の事情などもご説明しようかと考えているのです」

「何かは存じませんが、お話し下さい」

「他でもありません、例の警告書はまったくわたしのあずかり知らぬことで、告発などということになれば、是非にもこの徳斎の名を除外して頂ければと」この間、沙都は応接間を音もなく出て行った。

「警告書はすでにわたしの手を離れましたよ」

「しかし諮問会などあれば、そこをとくと説明いただきたい」

「あんなもの諮問会など開かれません」

「そんなもんですか」

「そんなもんです。ただし、これはわたしの観測であって客観的なものではない」

「ところで次期町長候補については、わが元老を県のほうから呼び出して、まあ腹づもりなど聞いてきましたから、わたしとしてはノンバンクの幹部でありながら経済大学で講師をしている甥をば推薦しておきましたが、かねてより島太夫頭は辰吉島太夫を、網元はトモ安を推薦していたようです」

「推薦？　町長候補をなぜ県に推薦するんですか。党にでも売り込むなら分かるが」

「なに、ただの保険です。気休めです。長年の苦労性が身にたたり、県からの打診については元来が元老三者で統一案をば出すべきでしたが、心ならずも警告書の件で島太夫頭と網元は推薦候補者を引っ込めざるを得なくなったのです」

警告書のカラクリは次期町長候補を徳斎翁の推薦者一本に絞るためのものであった。これで徳斎翁と源白和尚の一騎打ちとなるはずであるが、牛麿町長にはどうでもよい事だった。

「お話は分かりました。わたしとは関わりのない事であると、今は認識しております」

「いや、話は今ひとつあるのです。次期町長候補の叔父として貴兄に忠告する。つまり選挙前のアララ島への渡航はお控え頂きたい」

「現町長に対して、次期町長候補の名で何かを要求されても困りますな。源白和尚の手前、徳斎翁の申し出だけを受けるわけにはいかんでしょう。あんたがたは今や敵同士だが、わたしとしてはどちらに味方することもできん。ただし、アララ島への渡航を自由化して頂ければ、わたしの票田をば徳斎翁陣営に譲らんでもありません」徳斎翁は気色《きしょく》悪いノッペラボウの顔を赤らめて喜んだ。そしてやや声を震わせて言った。

「渡航の自由化は、アララ島の俗化に繋がりましょうが、それでもよろしいか？」

「自由化とは島太夫頭の島での利権を剝奪することです。島太夫勢がいる限りあの島は町による健全な管理ができんのです」

「とすると……わたしは源白和尚すなわち善証寺の檀家と島太夫頭すなわち白神大社の氏子どもを敵に回すことになるのか……」

「さすがご明察」町長はおもしろそうに顎を撫でて「そりゃ、古座江町民全員を敵に回すも同然です」と言い足した。

「町長の票田をば譲り受けても間に合わんということじゃな」徳斎翁は混乱してやや青ざめた。

「ところで県の方でも副知事が渡航するとか。あれは国交省の天下りで島の事はなにも知らん。それにしても御殿、権力を得るのも大概えらいことですな。上から下からねらってくる。アララ島を権力の意志の犠牲にしてはなりません」

14 大いなる幻影

晴天のアスカラ岬には、いつでも銀粉のような霧が岩肌や樹木に戯れ、海鵜《うみう》やカモメたちはその悪ふざけに辟易《へきえき》しながらも、つまり全身に銀粉を浴びながらも果敢に魚影に向かって飛び立っていった。

するとたちまち彼らにまとわりついていた銀粉は、キラキラと輝きながら薄い幕となってよれ上がり、岬の鼻先まで集まると、上空を吹いていた海風に蹴散らされた。それはまるで、放課後の校舎からあふれ出る小学生の群れのように生き生きとしていた。そしてついに遊び疲れた銀粉の群れは、ようやくトリトビノウミヤマの翼の下へ潜り込み、安息した。

そんな時は、非常に細やかで柔軟なトリトビノウミヤマの感情が、熱い血となって澄み切った瞳にこみあげてきた。

アスカラ岬からマクラトリ峠にかけて鬱蒼《うっそう》と繁った森はいよいよその緑の色を深め、それがトトリコ渓谷の方へとなだれ落ちてゆく様が、天空を舞う彼の瞳孔に見事なまでに凝縮した。

トリトビノウミヤマの一見穏やかな生態も子細に眺めれば波立つ音楽であり、激しく胸打つ詩情でもあったのだ。彼が予感し、指呼の隔てを越えて広がる視野は、アカナイワムロノヒトヒが今なおその存在を信じられているアララ島の全域でもあった。

トリトビノウミヤマのみならず、すべてのアララびとたちがその虚像を奉じ、そして気高い意志を以って守り切ろうとするこの島の全域なのだった。

とはいえ、その大いなる幻影も今や崩壊の危機に瀕していた。

カガミノカゼヒメラは、希和がマクラトリノタロの案内でシモノクロヒトヒの所へ赴くころ、再び風となってカガミ池に戻っていた。

池の端にはアオミネヌレヒトヒが囚われたままになっていた。

由になった。

「ホー・ホー」と彼女は池の周囲を三度回った。すると、アオミネヌレヒトヒは自

「お帰り、姐さん。ぼくはぐっすり眠ってしまったようだい。この池はぼくの夢の中では、優れて透明な物語のようだったい。水あくまでも深く、水質あくまでも玲瓏、魚類も藻類も虫類も悲しいまでに優しげだったい。ぼくは夢の中で、水底《みなそこ》から立ち登る泡たちと戯れながらに、千古の歴史を思いやりながらに、姐さん、青々と眠っていたんだい。ああ、ぼくの住まうトトリコ谷の青峰から、あらゆる命の喜びがひた寄せてきて、ぼくは目が覚めたんだい」

「ひとの池をまた青く染めたんだね。それよりアオミネヌレヒトヒ。アララの祭りが近いよ」

「そうだった。この夏はことさらざわめき立ちもして、祭りの気配が盛り上がるに違いない」

「タチイデノスグレが内地から来た娘をたぶらかして足止めし、トトリコの谷が汚されるのを防いでいるのも、あながちあいつの悪趣味ではないんだよ。祭りの前夜、アカナイワムロノヒトヒが式王となって、コチサミダレの滝から出でます折に、その

滝の銀線はアカナイワムロノヒトヒの白髪となって、天上からのアララ神をからめ捕り、ミテグラに埋めそまし、そのすきに〈見返りの風〉に乗せて穢れの時空を斬るのさ。ミソギの夜は明け、祭りの日にはアララ神は限りなく透明になり、この島に再び満ちあふれるのさ。その祭りの前夜には生娘を娶り、妻とするのはよくあることなんだよ。でもね、それはあくまでアララの娘の血じゃなきゃならないのにから、どうしたことか、内地の娘が呼ばれるとはね。この祭りさえ済んでしまえば、ササラサ川もトトリコ谷も、誰が来ようとただの谷川なのにね。この祭りさえ済めばさ。大変なことになってきたよ」

「アカナイワムロノヒトヒはぼくたちに姿さえ見せないのに、何故にそのように祭りが挙げられるのだろうか」

「アカナイワムロノヒトヒはこの島そのものなのさ。アララの全てなんだよ」

「島の古老カワタレノユウサリによれば、その姿は白髪の少年だと」

「黄昏時《たそがれ》ともなれば、アカナイワムロノヒトヒはコチサミダレの滝から沁み出して、薄くほのかな肌を夕陽に染めるんだ。その姿が少年のように初々《ういうい》しく見えるのさ」

希和を置き去りにしてゲソ地区へ戻ったマクラトリノタロは、何事もなかったようにシモノクロヒトヒの畑で石灰を撒いていた。そして疲れると、何事もなかったかのように竹笛を吹いた。その音調は再び鳥肌が立つものだった。

シモノクロヒトヒは農具小屋に顔を出した。

女店員に品薄の商品を調べさせ、棚卸の準備をした。

「店長さん、ここんとこよくティッシュがでるんだわあ」と女店員が言った。

「寝苦しい夜が続いてるからな」

松蔵島太夫は関口施設係を事務所に呼びつけた。関口の首には、農具小屋の女店員が希和から取り戻した身分証が再び誇らしげにぶら下がっていた。

「ほかでもないがに、例の小娘は機嫌ようしとるかね」

「はあ?」

「はあ、ではないよ。牛麿町長の娘っこ!」

「知りませんがぁ」松蔵島太夫は目をむいて驚いた。

「あんた監視役をば仰せつかっておろうが」

「知らんですよ。身分証をば取られて、島の調査は頓挫してその手当がふいになり、トリトビノウミヤマの剝製もいまだ出荷も出来ずに、そのマージンも滞るの、内地の妻たら冷蔵庫を買い替えましてからが、その分仕送りを増額してので、ここんところ官舎で水粥すすって寝ておりましたんですよ」

「いや、最小限の情報でもよいからが、ちこと教えてもくいやい」

「さぁて、情報というたら、少しく手当等の考慮なんどもありますかなぁ」

「あるある。少しくあるぞい」

「農具小屋の女店員を知っておりましょうがい。あれは少しくわたしめに気がありましてなぁ。妻帯者のわたしとしては積極的に対処も出来んのですよ」

「だからどうした。農具小屋の女店員たらどうでもよいよ」

「いやぁ、少しく気がある所がミソでしてが、わたしとしてはその女に手当も付けずにいろいろとシモノクロヒトヒの情報を得ておるのですよ」

「シモノクロヒトヒはこの際どうでもよいよ」

「いやぁ、アララ地区をば調査するには、やはりシモノクロヒトヒの協力を得ねば命が危ないですよ」

「で、娘は、娘は何処で何をばしとるんかいや！」

「その女店員がこの身分証を希和さんから取り戻してくれたんですよ」

「分かった！　つまり娘は農具小屋に現れ、菓子かなんか買ったわけだな。それから何処へ行ったたい」

「旅の疲れから農具小屋で眠って、マクラトリノタロが自分の小屋へ連れて行き、その晩はそこへ泊ったようですわ」松蔵島太夫は再び目を剝いた。

「あやつの小屋でふたりきりで寝たとかい」

「心配ないです。ふたりとも子供ですよってにから」

「で、で翌日は？」

「手当の方よろしくお願いします。翌日はマクラトリノタロとシモノクロヒトヒの屋敷へ行きましたが、どうしたことかシモノクロヒトヒもマクラトリノタロも今ではゲソ地区に戻っておりますよ」

「ああ、そりゃよかったがい。娘もゲソ地区にいるんだな」

「いやぁ、どうしたことか希和さんだけは屋敷に残って、あとのことはどうなったか、ふたりとも知らんということですよ」

松蔵島太夫は頭を抱えて机にうち伏した。彼の脳裏にはトリトビノウミヤマが発行している『アララ島だより』に近日《きんじつ》大事件として出るであろうトップ記事が浮かんだ。

「古座江町長奥浜牛麿氏長女奥浜希和さん　アララ島内で行方不明

去る七月二十四日　夏休みを利用してアララ島見物に訪れた奥浜希和さん（14）が、同島管理責任者（島太夫）山野松蔵さんの手厚い保護下にあるにもかかわらず行方不明となっている。この事を受けて地区警察、島三役は捜索本部を設け、関口仁志施設係（24）を栄《は》えある捜索先導員に任命、同時に財務会計主任の裁可を得て諸経費を計上した。この臨時費は地区特別行政対策費から一旦拠出される模様。財務会計主任は〈臨時費の出費については、本来は地区財政上、健全な措置とは言い難いが、山野島太夫氏の責任問題が審議会で取り上げられ、しかるべく処分が出されて後に古座江町財務課と折合いをつける方向でゆきたい〉と語った。次に捜索本部統括に就任した村井地区長は、

〈山野松蔵島太夫の責任問題については軽々には即断し難い。古座江町の島太夫頭と協議のうえ善処したい。条例上は内規扱いだが戒告謹慎十日程度が適当と考えている。また役職規定上は島太夫職免職または等級格下げのいずれかだが、これについては特

殊職につき太夫頭に一任としたい〉と語った。次に捜索先導員関口施設係は、〈捜索費の速やかな拠出を歓迎する。当面十万円という額については、臨時雇員三名の日当、弁当代等諸経費を考慮すると五日程度の捜索期間に充当するものと考えている。五日を越える日程については別途特別手当を請求することになる〉と語った」

山野島太夫氏の脳裏は自己の処遇と経費のみで、希和さんの安否には関心ない模様。一方、地区事務所の地区長室では、まだ希和の行方不明を知らされていない地区長と公民館長がのんきに町長ならびに副知事歓迎のレセプションおよび渡航記念祝宴の段取りを相談していた。

「松蔵島太夫の報告では町長と副知事の渡航阻止は不可能とのことだわ。したに、ここは腹くくってフンドシ締めて、あげくにはわれらが日頃の奮闘努力をば評価して頂くチャンスと認識してからに、館長さんよぉ、気張ってくいやいよ。そこでだが、渡航第一便の町長到着たら、午前十一時過ぎからに、まずは昼メシだがや。なにがよいかの、館長さんよ」公民館長は渋面を作ってしばらく思案していた。重大事項について考える際の癖である（さして重大とは思われぬが）。

「したに、丸食の満月弁当ではどうですかいの」

「丸食ではちこと貧相ではないかや。だいたいからしてあすこのババは漁師あがりじゃから煮つけがから過ぎるわ。うちの女房《やっ》たら腎臓になると警戒しちょるよ」

「したに丸食のオババたら調理場から引退して、嫁が出張って近頃はしかと味見してみたきに、ややうま味を増したとですよ」

「館長さんは、丸食の嫁がまだ娘時代に口説いたっちゅう噂じゃないか。ま、それはそれとして、やっぱ丸食ではちと貧相だわ。それより魚勝の潮風御膳はどうかの」

「地区長さんは魚勝のひいきで、なにかと便宜の謝礼が入るとの噂ですわ。こん島あげての事業に公私混同ですわ」

「では何処がいいたら思うよう」

「中とって、ほれ、昨年オープンした、キッチン・アララ亭の焼肉弁当はどうですか」

「わしゃ、どうも焼肉は胃にもたれて、うちのも警戒しとるわ」

「したが地区長さんは全部食べんと残したらよいですよ」

「うーん、残すちゅうはアララ亭に気の毒じゃわ」

「夜の宴会は浜喜久に決まりだすな」

「ああよ、したが去年の忘年会の、内地から呼んだ芸者、ありゃ良かったな」

「今度はちこと開宴までに間に合いませんよ」

「到着までの間繋《まつな》ぎに、徳三郎の嫁たら今井の娘たらお白い塗ったくって出せやい」

「副知事の渡航二便は午後四時ですきに、その間は町長さんには娘と水入らずでゲソ地区をば散策などしてもらいましょか」

「それより館長さんよ、宴会の席たら副知事と町長ではちと格が違うきに、どう差をつけたもんかいな」

「副知事だけにタイの尾頭《おかしら》つけましょか」

「そりゃ、露骨だわ」

「したら、造りをば副知事にヒラメなど添えましょか」

「隣席から丸見えだわ」

「したら、汁の具をば副知事だけに伊勢海老つかいましょか」

「酒飲んだら、汁の蓋すら開けんよ。ちことは差をつけたこと認識してもらわにゃ、意味ないわ」

「ここは腹くくって、副知事には今井の娘、町長には徳三郎の嫁を酌につけましょ」

「ああよ、そりゃ明解だわ」


アララ島は、島そのものがひとつの幻影なのだった。ゲソ地区の内地系住人と、土着のアララびとたちとの、これほどの隔絶は間違いなく悲劇の要素に満ちていた。にもかかわらず、どこか喜劇の匂いを持ってこの島はなんとか年月を積み重ねてきたのだった。

それが、希和の渡航をきっかけとして何やら訳のわからぬ事態に進展し始めていた。何処かで歯車が狂い始め、何処かでその狂いが加速し始めていた。

希和の行方不明がそれを象徴していた。

希和は、ゲソ地区の人間から見れば行方不明だったかもしれないが、アララにとっては正しく予定された事態なのであり、それは、ゲソ地区の内地系住民にはアララがついには見えないということであり、永遠に大いなる幻影なのだということだった。

15　迷宮の島

トリトビノウミヤマは、希和がシモノクロヒトヒたちに置き去りにされたのを、森の樹上で見ていた。彼はシモノクロヒトヒ（彼にとってはタチイデノスグレ）がある意図を以ってそうしたのだと、承知していた。しかし、彼の希和への特別な感情がタチイデノスグレ、更にその背後にいるアカナイワムロノヒトヒへの微かな反感を生じさせていた。

その反感は極めて危険なものだった。

少なくともタチイデノスグレに逆らうことは命を失うことに等しい。トリトビノウミヤマの命とは、今の彼だけのものではない。代々続いたトリトビノウミヤマの命ということだった。それは丁度、地球環境の変化によって、ある種の生物が地上から絶滅したのと同じように、アララから代々のトリトビノウミヤマという種が絶滅することを意味していた。

それでもなお彼は、タチイデノスグレが希和のために用意した見せかけの屋敷とその広場にふわりと舞い降りたのだった。

希和は、タチイデノスグレのカラクリを見抜いたあと、たとえひとりでもこの島の奥へと進んで行こうと考えていた。目前には深い森が立ちはだかり、道らしい道もなかったが決して怖くはなかった。それより、むしろドキドキするくらいに好奇心に燃えていた。

「なんか、あるんやわ。シモノクロヒトヒがうちを騙《だま》すからには、大事なことあるんやわ」

希和が森に入ろうとした時、その行く手の木の間からひどく背の低い男がフラフラと出てきた。その男は、汚いシーツをマントのように背に垂らして、変にはにかみながら希和の方へよたよたと近づいてきた。

「こんにちは」と希和が挨拶すると、その男はたちまち赤面してなにやら口ごもったが、悶えるようにしてシーツをバタバタさせたあと、ようやく落ち着きを取り戻した。

「何処から来たのか」とトリトビノウミヤマは訊いた。

「ゲソ地区の事務所に世話になっとんよ。うち、希和っていうの」

「キワとはどんな字なんだろうか」

「希望の希に平和の和」

「優れてよい名ではないか」

「あなたは？」

「トリトビノウミヤマ」

「ああ、事務所で聞いたわ。剝製職人さんで、島だよりの編集もしてはるんやわね」

「うん、なかなかに。しかしここのとこは休んでいる。驚くべき記事とてないのだ。島は希望にあふれ平和に満ちている。希望や平和は記事にはならない。ひとは他人の絶望と闘争を喜ぶ」

「そうとは限らんわ。内地の新聞には、お祝い事、お祭り、運動会、ふれあい広場、粗大ゴミの回収日、なんでも載ってるわよ」

「ところで希和は、これから何処へ行くつもりなんだろうか」

「島のもっと奥へ行ってみたいねん。案内してくれはる？」

トリトビノウミヤマは先に立って歩き出そうとした。

「あっ待って。トリトビノウミヤマ。あなたはマクラトリノタロやシモノクロヒトヒをよく知ってはるんでしょ」

「なぜ彼らの名が口から出るかな。彼らをよく知っている。マクラトリノタロはその先祖がマクラトリ峠にいたのだ。今はマクラトリ峠を出て、ゲソ地区で小作人をしている。また、農具小屋の手伝いもしている。なかなかに働き者だが、わずかながら自己喪失に陥ることがあるんだが、そんな時は竹笛を吹くのだ。タチイデノスグレはシモノクロヒトヒと蔑称されているが、優れて偉大なアララの貴族だ。あの者は、アカナイワムロノヒトヒを奉じて深くこの全島を支配している。あの者は、恐ろしい速さで歩くことができるから、ひとは決して彼の真実の住所を知ることがない」

「うちが聞きたいのは、アララのひとたちはみな、アカナイワムロノヒトヒの家来やの？」

トリトビノウミヤマは体を揺すって笑った。

「アララはみな、それぞれに自由なのだ。アカナイワムロノヒトヒはその自由の象徴に過ぎない。だが、象徴である限りその御稜威《みいつ》はどのアララよりも輝いているのだ」

「ミイツって？」

「侵しがたい、ということだ」

希和にはその自由という意味が難し過ぎた。希和たちが学校でいう自由時間、自由学習の自由とはまったく違うような気がした。

森の中には道らしき道もなかった。だが地面が次第に上り坂になってゆくのが分かった。と同時に空気が希薄になり始め、息が切れた。できればもう少しゆくり歩いて欲しかったが、トリトビノウミヤマが不自由そうな体つきの割に軽々と足を運ぶのを見ると、負けん気が起きた。

「なんだか坂が急になってきたわぁ」と言うと、トリトビノウミヤマは振り向いて「マクラトリ峠に向かっているのだ」と強く呟いて、また歩き出した。

「そこまでは、あとどれくらいやの？」

「特にどれくらいということはない。この島では決まったコースというものがないのだから。この島では、だから目的地をさして歩く場合は、その目的地の名前を絶えず心の中で言い続けておかなければならない。そうしなければ見失うのだ。たいがい苦しいことだが」

「驚いた、大変やわ。あなたが言い続けてくれてるの？」

「言い続けてる」

頭上では陽が照りつけているらしく、森の中は異常に蒸し暑かった。

「のど、渇いたわぁ」希和は、シダの下生えにへたりこんだ。トリトビノウミヤマはゆっくりと戻って来ると希和の顔を覗き込んだ。

「うん、いささか疲労のようだな。しばらくここで待て」と言うなり、彼は「クエー！」とひと声叫んで飛び立った。

希和は腰が抜けるほど驚いてしまった。何が起きたのか。今までノコノコ歩いていた男が、森の梢をものともせずに頭上の樹林に向かって飛び去ってしまったのだ。

トリトビノウミヤマは鳥の剝製職人なんかじゃなくて、鳥人間なんやわ。めずらしいわぁ。うちを案内するためにわざわざ歩いてくれたんやわね。そんな風に思うと、自分のわがままがちょっぴり情けなくなってきた。内地のひとたちは、この島のひとたちを神の子とあがめていると聞いたことがある。でも実際には、内地のひとたちはこの島に遊びに来ることもないし、知ろうともしない。島のゲソ地区住人にすべてを任せて近づきたがらない。内地人にとってアララ島はあくまで近づきがたい聖地だった。

内地から見れば、確かに不思議なひとたちだけど、ここアララ島へ来るとちっとも不思議でなくなる。アララ島ではアララびとのすべての振る舞いが自然界の振る舞いと同等なのだった。

しばらくしてトリトビノウミヤマが戻ってきた。彼は葉蘭《ばらん》を上手に組んだ器にたっぷりと水を入れて、それを希和に飲ませた。冷たく甘い水だった。

「ああ、美味しいわぁ、これ何処のお水？」

「マクラトリ峠の下を流れるササラサ川の支流だ。誰ともなくササラサワカレと呼んでいる」

「それじゃ、もうマクラトリ峠まで行ってきたの？」

「空を飛べばわけない。歩けば途方もない」

希和は翼のないわが身を情けなく思った。

「行くぞ」とトリトビノウミヤマは再び歩き出した。このままではまた、マクラトリノタロみたいに野宿するはめになりそうだった。体中、小枝の切り傷だらけだったし、空腹だし、足もふらふらだったけれど、案内人がいるだけましなんだと自分に言いきかせて歩いた。試練なんだわぁ。アカナイワムロノヒトヒになんとしてでも会ってみたいという強い好奇心が、かくも困難な試練を強いるとは思いもよらなかった。ところが、しばらく行くうちに何故かトリトビノウミヤマの歩調が鈍りだした。なんだかひどく苦しそうだった。

「なぁ、どうしたん？」

トリトビノウミヤマは息を乱しながら希和になんともいえぬ無念の目を向けた。

「もはや、これまでだ」

「え？　どうしはったん」

「もともとが、おれは空を飛ぶべきひとだから、希和を連れての森の歩行は余りに苦しくまたつらい。でもなんとかして、マクラトリ峠まではと思いもして頑張ってきたのだが、足が綿くずのように萎えたのだ。あんたが、この島に来てよりこのかた、おれはこの日のくることを待ちわびていたのに、ついに力尽きることの無念を分かってほしい。有難う。あんたの美しくも透明な声と、美しくも溌剌たる瞳と、美しくも正しい心根とを生涯忘れはしない。トリトビノウミヤマは鳥の王として、またの日にあんたを迎えるだろうけれど、今はお別れだ。いいかい、この先はひとりで悲しむこともなくこの森を抜け、いちずにマクラトリ峠まで行くんだぞ」

「何処をどう行ったらええの？」希和はトリトビノウミヤマの手をしっかりと握って言った。トリトビノウミヤマはなんだか急に背筋を伸ばして、ひどく他人行儀な神父さんみたいな口調で言った。

「マクラトリ！　と心の中で言い続けなさい。そのように信ずれば、この森は、あなたには開かれ、やがて光満ちた空も見えよう。あなたは、選ばれてあるひとであり、選ばれてあるというアララの目と口と心であるのだ。アララの目とはマクラトリ峠のことであり、口とはトトリコ溪谷であり、心とはコチサミダレの滝である」言い終わるとトリトビノウミヤマは「クエー！」とひと声叫んで飛び去って行った。

でも、ひとりぼっちの不安よりトリトビノウミヤマの他人行儀な訣別の方がずっと気にかかった。偽のマクラトリノタロに導かれたように、今も偽のトリトビノウミヤマにここまで連れてこられて来たのだろうか。

いや、そんなはずはない。何故かというに、もしも彼が偽者ならば、あれほど無念そうな目をしなかったはずだ。彼は本当に残念そうに飛び立っていった。

ただ最後の、神父さんみたいな他人行儀な物言いは不可解だった。

それとトリトビノウミヤマが水汲みから帰って来たときには、既に偽者と入れ替わっていたのだろうか。いくら考えても分からなかった。

「ま、ええわ」いくら考えても分からないことは、考えないことにした。

希和はうんうん言いながら、またひとりで歩き出した。先ほど飲んだ甘い水。ササラサワカレの水が希和の体を次第に元気にした。

16　緊急招集

牛麿町長はアララ島渡航の前日、久しぶりに町役場に顔を出すと、原巻助役を町長室に呼んだ。助役は、留守がちな町長の代務者であった関係上、すっかり町長気取りが身についてしまっていた。

「ああ、町長さんな、ちことご無沙汰だわなぁ。此《こ》の方《ほう》も多忙を極めてからに何やかやとはしておりましたが、なんせ次期町長選をばあんたが辞退されおったから、ほれ、世の中そうしたもんで、わしが次期町長に自動昇格と思い込むやからの多数おってからに、業者たら銀行たらが、せせらせせらと来ますわいが、そこは助役の分限をわきまえての執務の日々ではありましたわ」

「ご苦労じゃった。しかし助役さんよ、話は常に簡潔・明瞭・端的・即決と行きましょうかい」

「ああよ、何の話ですかいの」

「臨時町長会議をば招集してくれんか」

「はて、町議会は夏期休会中で町長権限の招集たらどの範囲になりますかいの」

「元老三役と源白和尚の四名だ」

「いやぁ、そりゃ無理ですわ。源白和尚たら町政とは無縁で招集の名目が立ちませんよ。ましてに、県の方から祭政分離のきついお達しですきにが、和尚ばかりはなりませんわ。島太夫頭も同じく宗教法人がらみですきに。網勢は、嫁のムメ子が(網勢はボロボロですきに公の場には呼んでくれるな)ときつい要請ですわ。次に徳斎翁は、次期町長選を睨《にら》んでの県の方の根回しで、今は御殿におられませんわ」

「知っての通り、県の副知事が明日にでも島へ渡るというからには、町としては乱れた足並みを揃えて、町益を損なう事態が発生せぬよう、相談しておく必要があるだろう」

「ああよ、副知事閣下からはトモ安を通じて内達がありましたよ。したからに、こちらとしては町の対県庁渉外課長を貼り付けて、渡航させる算段ですわ」

「いらん心配だわ、そりゃ。渉外課長たら小者の貼り付けは、かえって副知事に捏《こ》ね繰《く》り回させる結果になる。わしひとりで充分だわ。とにかく火急的速やかに連中をば招集せいよ」

「いやぁ、それはちこと難しいですわ」

牛麿町長は、かねて用意の紙切れを引き出しから出すと、サラサラとサインして助役に渡した。

「

役職罷免勧告
左記の者　古座江町役場職員規定第十三条第九項　職員の役職任免権に於ける町長特別執行権を以って　現役職を即日罷免とす　ただし　当該罷免者の労働権保護のため　罷免翌日より六か月を旧役職給維持期間とし　それ以降は新役職または無役相当の給与を保障するものとする　この勧告の不服申し立ては当六か月の内に提出しなければならない

罷免該当者　古座江町役場助役　　原巻清太郎
　　　　　古座江町長　奥浜牛麿　　」
この紙切れを助役に渡したとたん、先の四名の招集が火急的速やかになされた。

四人が会議室に集まったのは午後八時を回っていた。この臨時招集はまたもや寝耳に水であったから、誰もが憤懣やるかたない表情で現れた。まず町長が挨拶した。

「ご重役方にはご多忙の折からお集まり頂き有難うございます。皆さん方がこの古座江町の行く末をご心配くだすって、日頃よりご尽力賜っておりますが、そのご尽力が二重三重に絡まって、どうにもこうにも、にっちもさっちもいかんところを、今日はひとつ大いに語り合って、皆一丸となって事に当たりたく、こう考える次第であります。そこでまず網勢・古浦勢衛門殿」網勢は突然の指名にびっくりして立ち上がると何故か軍隊式に直立不動となった。

「あなたのご子息古浦知《トモ》安氏は、県の開発企画にたずさわり、いわばカリカリのエリートですが、残念ながら県のアララ島開発計画に無批判に追随し、企業誘致やら観光計画やらを、この管理自治体たる古座江町に何の相談もなく推し進めていることは、誠にもって遺憾の極みであります。此のたびの副知事渡航にも同行のよし、くれぐれも町との密なる連絡を欠かさぬよう、お伝えください。次に島太夫頭・村上乙吉殿」

網勢着席。乙吉島太夫頭直立不動。

「この古座江における名誉ある歴史遺産はと申せば、白神大社別宮とアララ島との侵しがたい絆ですわ。さればこそ、別宮内に島管理の島太夫職がありまたそれら島太夫職らを統括する島太夫頭なる要職も神代《かみよ》の昔から存在しておるわけです。しかるに、アララ島現地の管理責任者である松蔵島太夫が、ゲソ地区の地区長ら行政の役職員らをこけにして、渡航権の特権をちらつかせながら、管理どころかアララ島の真の発展を妨害し続けている事実は、これを監督する島太夫頭に責任の大なるものがありますぞ。こんどの渡航で副知事にこのあたりの不忠不届きを嗅ぎつけられたら、アララ島における古座江町の立場は極めて危ういものになります。今夜にでも松蔵島太夫をキリキリと締め上げておいて頂きたい。次に蔵持・鏑木徳斎翁殿」島太夫頭着席。徳斎翁はさすがに苦々しげに腕組みして坐ったままだった。

「例の選挙前立候補妨害並びに脅迫罪に抵触する某警告書は、古座江町を貶《おとし》め県におもねり、さらには出馬予定者らを窮地に追い込む卑劣極まりない謀略でしたよ。現町長に対して次期町長当選者のごとくに振る舞い、その架空権力で県の金融界を抱き込み、さらにはアララ島開発利権にまで触手を伸ばし、これらのことが副知事の利権と衝突したなれば、もはや古座江のようなちっぽけな経済圏はひとたまりもなく吹き飛ぶのですわ。かえすがえす忠告申し上げるが、県下随一の古き家柄を誇る徳斎翁にあっては下世話な金儲け話には金輪際関わらぬよう、お願いいたしますよ」

「町長さんよ、君は次期町長選には出馬しないのだろう。なればもはやレームダックの域にあると言えよう。されば、このわたしは県の金融界においてむしろ貢献者たる立場にいるのに、なにゆえ君みたいなダックに忠告されねばならんのか。明日の渡航とて明らかに島開発の下検分であるにもかかわらず、今更われわれを招集して、無策の愚かさを露呈してしまっているのだよ」

「愚かはどちらか、歴史が決めますよ。次に善証寺・源白和尚」源白は眉ひとつ動かさず、その厚い胸をそっくりかえしジロリと町長を睨んだ。その態度には、病める者へ救いの手を差し伸べる薬師如来の慈悲の欠片《かけら》もない。

「はっきり申して、ご坊の町長選出馬は大いに疑問であります。しかるになんぴともこれ立候補の権利がありますから、ここではこれ以上申しません。ただご坊はいやしくも善証寺という古刹を預かる仁徳高き宗教者、仏教者ですぞ。選挙といえば戦いです。これこそ争いを戒める仏教の教えに背くばかりでなく、もし落選でもしたなら、その権威失墜は計り知れず。古座江の宗教史上歴史的汚点となりましょう。さらにはおしな婆さんが県の方へ根回しの巡礼とか。これまた副知事がらみの鼻薬の垂らしあいでは、もはや宗教もへったくれもありません。さて、言いたい放題を申しましたが、ただ今からは皆さん方のご意見を以って古座江町の未来を占いたく存じます。よって心置きなくご審議ご討論下されますようお願いいたします」徳斎翁が口火を切った。

「町長さんの趣旨はよう分かりました。したに、これほど差し迫った時期において急の招集では、われらとて意見の準備も出来ませんよ。だいたいが、副知事風情《ふぜい》が島へ渡ったとて何程のことがありましょうや。はは、せいぜい島の連中にヨイショされて、ろくでもない漁師料理を喰わされて、濁ったような地酒でケツまで真っ赤にされるが落ちですよ」源白和尚が言葉を継いだ。

「まったく、この町長の政治力のなさたら、犬の糞にも劣る按配だわ。われら宗教者としては確かに政治向きのことは凡夫どもに任せてはある。したにアララがらみとなれば、話は別じゃ。今度の町長選のわしの出馬たら、他でもないわ、このアララがらみの利権の喰い合いこそ喰い止めて、凡夫どもの目を覚まさせるが、慈悲であるからじゃわ。それを祭政分離をぬかす県の遠吠えをいいことに、尻馬に乗りくさって、こんな足の引っ張り合いはもう沢山じゃわいの」網勢が勢いづいて言った。

「アララ島ごとき離島を、やいのやいのと小突き回して、島の漁業権の侵犯問題を棚に上げ、あげくは副知事の渡航に付け込まれ、うちのトモ安が」突然、島太夫頭が割って入った。

「待ちゃいよ！　漁業権問題の前に渡航権問題じゃわ。きけば、われら太夫職が渡航権を乱用して私腹を肥やし、揚句にアララを……」

「私腹は事実じゃろうが」と網勢。

「うぬは、ムメ子にボロ網と罵られ、倅のトモ安にうとんじられ……」すると突如、牛麿町長が分厚い冊子を皆の前にドンと置いた。

「ここにあるのは島開発計画〈反対〉町民連合の汗の結晶、つまりは三万名余りにのぼる開発反対署名名簿です」一同、狐につままれたように息をのんだ。いつの間にこんなものを用意したか。もしこれが本物なら、次期町長選において「島開発反対」を前面に押し出さねば落選は確実である。しかし県がらみの開発利権に乗らねば生きている意味がない。一同沈黙のなかで、それぞれ無い知恵を絞り始めた。すると徳斎翁がしばしの沈黙を破った。

「ふむ、さもあらん。この町民の総意ともいうべき名簿こそ、われら元老衆《オカミ》の本来の姿ではあったわ。何故に、アララ島を手に手を取って守ってきたのは、われらオカミの永き伝統ではあるからですよ。こうゆうものは、歴史的遺産です。これはよい」源白和尚が徳斎翁の豹変を見て、腹立たしげに異を唱えた。

「そりゃぁ、ちことおかしいぞい。拙僧とて島開発反対にやぶさかではない。だがじゃ、この開発反対をば公約にして選挙に出たれば、すべての候補者が同じ公約で争うことになる。こりゃ、選挙にならんぞい。とはいえ開発推進をば掲げれば落選じゃ。詰まりはだ、この反対署名簿はわれら立候補者への町長の当てつけであり罠じゃ」これは大難問だった。徳斎翁が白々しく言いのけた。

「なに、事は簡単ですよ。この名簿をわが陣営で買い取りましょ。さすれば自由に戦えましょう」源白和尚が反対した。

「いや、この歴史的遺産を売り買いしてはならん。むしろ神聖なる公民凡夫の信心のたまものとして、わが善証寺に奉納し、これをば祈禱で清めるが筋」と言うや署名名簿をうやうやしく捧げ持つと何やら呪文を唱え出した。

「とやとお　うこにゃ　もこにゃ　もこにゃ　ちょぽにゃ　たんぽに　あんじゃり　ほんじゃり　しゅびちい　ほんぽじゃ　ろろほすに……」源白和尚が室内を歩き始めると、元老たちもしかたなくあとに従った。「としとお　いりやあ　みりやあ　ちゆしりや　ぎゃほりい　ぎゃちゃとんぎゃ　せんとりや　もてんき　もてんき　こりゃありゃ　もてんき……」しばらくして祈禱が終わると、一同着席を見て町長が「それでは、ここでいちど、問題点を整理してみましょう」と言ってホワイトボードに向かった。

「1、今ここにアララ島開発反対者署名名簿があり、その数が町長選全有権者数の過半数に肉薄している以上、立候補者も反対の公約を打ち出さすことが必定となった。

2、その結果、各立候補者は公約上の最大争点たる島開発の賛否よりも、いかに島開発が自然保護上の暴挙であるかを、有権者に説得することが最重要課題となった。

3、しかるにこの、今や歴史文化財級に重要となった名簿の諸権利は「反対町民連合」にあって、奉納、祈禱は言うに及ばず、立候補者はこれを許可なく自己陣営に引き込み利用することはできない。

4、従って、各立候補者の開発反対取組みの本気度は、名簿の存在いかんではなく、実地にアララ島を視察しての血の通った見解にかかってくる。これはとりもなおさず明日の渡航に参加することを意味する。」

牛麿町長は一同を見渡して、「よろしいかな」と念を押した。すると徳斎翁があたかもわが意を得たりといった調子で言った。

「さぁて、みなさん。かくの如く町長さんからの暖かいご支援を賜り、われわれオカミも何よりのことだわ。したに明日の渡航と言うて余りに急だわな」網勢が感激の面持ちで言った。

「急とはいえ、このボロ網まで誘って頂き、ほんに有難いことですわ。公の場に立てぬ身ながら町長さんのご厚意に甘えて渡航させて頂きましょう。したに渡航申請は間に合いますかの」島太夫頭がややもったいぶって言った。

「なに、聞けばかねてよりアララの愚民どもは、われらオカミの渡航をば心待ちにしているとのことじゃ。したに渡航手続きたらわが権限にてチョロと済みますわいの」

「この徳斎、実に以って渡航をば喜んでおりますよ。幼少よりの虚弱体質がたたってか、ろくに遠出も出来ぬ深窓育ち。炎天下の島はやや危険度が有るとは考えますが、なに、これとて古座江町の未来のための犠牲と、納得いたしましょう」一同しんみりとしてきた。

最後に源白和尚が僧侶らしく重々しい口調で締めくくった。

「ああよ、み仏は島だの内地だのとの差別無き慈悲に満ちおりて、今般の町長選たらも、仏界の高見からみそなわし、出来れば立候補者全てが当選することを希求されておられるからに、ここは敵味方、手に手を取って渡航じゃ」

今般の緊急招集の結論を急ごう。

明朝、渡航第一便を期して一同勇躍渡航し、しかして第二便の副知事をゲソ浦にうち揃って迎え、島開発の愚挙を御諌《おいさ》め申し、快諾を得てのち手打ちの大宴会とする。時にプレスより声明文の要請あるも、これを辞さない。

17　大集合　大渡航

さて翌朝八時、古座江古浦の港はいつになく群衆で溢れていた。無理もない、町の歴史始まって以来の壮挙を、ひと目見ようと町民たちが駆けつけ、なかには岸壁から零れ落ちる者もいた。渡航便発着所前には万国旗がはためき、早朝というのに屋台がズラリと並び、子供も大人も朝食代わりにヤキソバやタコヤキを頬張っていた。やがて何処やらから花火が打ちあがり、いやがうえにも渡航ムードを盛り上げていた。

それにしても昨夜遅くに決まった秘密会議での渡航を、町民のみならずテキヤまで嗅ぎつけていたのはどうしたわけか。

その仕掛け人はほかでもない、原巻助役であった。彼は会議が撥ねるとまずアララ島ゲソ地区事務所に急報し、返す電話で各町内会世話人たちに知らせた。世話人たちは、手分けして緊急連絡網を駆使、各家庭に周知させた。返す電話でテキヤや花火師の出動を要請した。これを受けて警察・消防関係に緊急許可要請がなされ、各署はこれに答えて緊急安全管理チームの出動を準備、自動的に各プレスの支部に通達された。

プレス支部は色めきたった。なぜというに、アララ島開発は国を挙げての大プロジェクトになる可能性が充分あり、また各紙とも日頃よりアララ島大空港、大レジャーランド構想の、有ること無いことを書き散らして、町民・県民の好奇心を煽《あお》りに煽ってきたのである。

従って、渡航メンバーが古浦に集合したときは、群衆の興奮は極限に達していた。無理からぬことである。話題性の少ない平和な古座江にあって、アララ島という神秘の島、容易に近づけぬ島が、開発と自然保護との軋轢に揺れ、今やその話題はたとえ開発反対者たちでさえ、成行きによってはどちらへ転ぶか、迷いに迷っている次第だった。そこへ、ある朝飛び込んできた大幹部たち直々の大渡航のニュースである。ひと目見ずに死ねるものかわとばかり、どっと押し寄せたのだった。

まず、乙吉島太夫頭が白神大社別宮神人の礼装に身を固め、にぎにぎしく渡航安全祈願のお祓《はら》いをした。

「かしこみ　かしこみ　いわれの　たまほのみやに　おおやしま　しろしめしし
みずほのくにに　ことほぎし　すめらみことに　まうすらく　あららお　あららめ
わたりまうする　まもりたまえ　やすらぎたまえ」

次に、網勢が大漁旗をうち振りつつ、自慢の喉で古浦大漁節を唸った。

「古浦にゃよー　めんこ浜鳥波千鳥　片男波《かたおなみ》には　ちょいと　濡れもせで　磯のじょろ衆の風まかせ」

次に徳斎翁が、手にした桐箱から重々しく「開発反対者署名名簿」を取り出し、群衆に高々と示すと、それに合わせて反対町民連合の連合歌がブラスバンドと伴に合唱された。

「おお　われら　古座江の民の　健児らが　あららの神の　みいつとて　ここにつどいし　連合の　熱き誓いに守られて　勝ち取らん　勝ち取らん　開発反対勝ち取らん」

群衆の歓喜の声を制して、最後に控えた源白大上人は、緋の衣に金襴の袈裟という、まばゆいばかりの出で立ちで現れた。

源白和尚は、おしな婆さんに本漆塗螺鈿金彩紋《ほんうるしぬりらでんきんさいもん》の前机を運ばせると、上に蜀江《しょっこう》錦《にしき》の打敷《うちしき》を掛け、そこへ金無垢《きんむく》香水盆《こうずいぼん》を恭《うやうや》しく安置した。何をするかと思いきや、呪文を唱えながら香水盆に手を入れて、水盆に沈められていた蓮華の花びらを次々に撒いた。それが鍍金製であったから、折しも朝日に輝いて極楽浄土もかくやと見えた。

「おん　しゅりしゅり　まかしゅり　しゅしゅりしゅり　……」呪文が終わるとエイッとひと声叫んで、金襴の袈裟を投げ放った。見ると、緋の衣の背に墨痕《ぼっこん》鮮やかに「祝　開発反対大渡航」と書かれた一行書が貼り付けてあった。そのド派手なパフォーマンスにみなあっけにとられ、ただ呆然と見とれていた。

牛麿町長はとうに乗船していて、この馬鹿げた壮行式を苦々しく眺めていたが、一同がドヤドヤと乗船し始めると、彼らに付き添う余計な連中を排除するのにおおわらわとなった。

まず、乙吉島太夫頭に付き従って乗り込もうとする伝奏役、二等島太夫、島太夫補、白神大社別宮氏子総代、別宮保存会会長ら計五名を乗船排除。

次に、網勢に付き従って乗り込もうとするムメ子、漁業組合長、同参事、同書記、同組合長付若衆頭ら五名を排除。

次に、徳斎翁に付き従って乗り込もうとする地銀支店長代理、信金支店長、郵貯支店長、生保営業所長、ノンバンク協会副理事、質屋協同組合長、平和不動産社長ら計七名排除。

最後に、源白和尚に付き添って乗り込もうとするおしな婆、善証寺法類和尚、善証

寺総代、大本山出向執事、門前土産物組合理事、用達会会長、仏具商組合理事、法衣店店主ら計八名を排除した。

ことは、それだけでは済まされなかった。誰が命じたか船内には所狭しと酒や山海の珍味が用意され、三時間余りの渡航時間をフル利用しての結団式が始まったのだった。

「まぁよ。まずはめでたい仕儀ではあったよ。聞けば、この船出のありさまは今朝のテレビで生中継されてるだきに、末代までの語り草だわ」と乙吉島太夫頭。

「ああよ、この方《ほう》はちことといい喉うならせてもらってからに、テレビ局たら朝から色めき立って、茶の間のじじばばは腰抜かしておろうがよ」網勢は一升瓶をラッパ飲みして気勢をあげた。徳斎翁は、めずらしくコップに少々だが、ビールの泡をなめなめ言った。

「はは、したにこのわたしが桐箱から署名名簿をば恭しく取り出したれば、群衆はその神々しさに目も潰れんばかりに感激して、手を合わせておったが、町長さんはこりゃ形無《かたな》しになってしまわれたな。群衆はあたかもこの徳斎翁が反対派の巨頭であるが如くにひれ伏して、よい選挙運動でしたわ」負けずに源白和尚。

「拙僧なんども、愚かな凡夫どもが今朝ほど憐れで愛《いと》おしくかわゆかったことはなかったわいの。金無垢の蓮華をば惜しげもなくばら撒いた段取りにおいては、凡夫どもの極楽往生もかくやと思われる喜悦のかんばせ。手を舞い、足を踏みしての法悦たら、今生《こんじょう》のあらゆる運勢の使い切りではあったわいの」

牛麿町長はその間にも、甲板に上がって島との連絡を怠らなかった。

「町長だが、あんたは誰かい」

（はあ、こちらは松蔵島太夫の手の者で、名乗るほどの者ではありゃしませんで）

「名乗るほどの者ではない？　おまえさん、松蔵本人だろうが」

（あれあれ、本人ただいまみえました。すぐにと替わりますわ）何をとぼけているのか腹が立った。たぶんこの災難に直接には関わりたくないという腹だろう。

「歓迎の準備、万端怠りないかね」

（昼食は洋食焼肉弁当にしましたが、年寄りには少々もたれるかもしれません。その代わり、夜の方たら料亭浜喜久で、なま芸者付きの大宴会をば設営いたしておりますよ）

「アホタレ！　そんなことどうでもよいが。松蔵島太夫さんよ、島三役のそっ首をば岸頭に打ち並べて、水も漏らさぬ笑顔で出迎えよ。副知事の急の要請に応じるべく、過去三年の会計報告・事業報告をば積み上げて、蟻一匹這い出ぬ防御を固めおき、事務所内の役にも立たない薄汚いスローガンや達成目標やらの紙っぺらをば引っぺがし、まぶしいばかりに清潔に環境をば整えよ」

（いやぁ、その件なれば地区長さんのテリトリーですきに替わりますよ）

「ああ、地区長さんかい」

（いやぁ、地区長はただ今、犬の散歩に出ておりますよ）

「では公民館長さんを出せよ」

（いやぁ、館長さんは、粗大ゴミの日ですきに、古机担いで村田のタバコ屋の角まで行っておりますよ）町長は、島三役の自分への目に見えぬ反抗心を感じた。彼らは常に、離島にあって冷や飯を喰うという被害妄想にかられ、つまるところ目先の無事安泰ばかりを志向していた。彼らの地位と生活を脅《おびや》かすいかなる外部侵入者も、彼らの石のように固い保守結束の壁を、今までついに破れなかった。

船内に戻った町長は、酒とタバコの匂いにむせながら声を張り上げた。

「宴たけなわの折ですが、ちこと耳をば貸して下さいよ」一同何事かと町長を見た。

「まず島に上がったれば、副知事一行到着前に、われら古座江の重役が、島の実態を素早くかつ正確に認識し、副知事の視察の真の目的を見抜き、さらには島の代表管理者としてのわれらが立場を明確に知ってもらう、これに尽きるのですわ。今からや酒をば控えて、低声に談話などして、ときに窓によって潮風に当たり、酔いを醒ませてくださいよ」

網勢がトロリとした酔眼で言った。

「うんにゃ、かたい事言わんと、こちきて飲めやい」すかさず乙吉島太夫頭。

「聞けば、副知事閣下は県下に知られた大酒豪とかや。したからには、この方《ほう》元老衆は夜の宴会では酌に身を取られて、おちおち飲んでおれんということっちゃ。今のうちじゃ」

「ああよ、島に上がったれば、久しぶりの底無し宴会じゃや。ところで乙吉よ、内地芸者の渡航をば何人許可したがや」

「あにゃ、島からは何も聞いておらんよ」このひと言で一同騒然となった。県の副知事閣下を接待しようというに、芸者のひとりも付けぬなど前代未聞の不祥事、天下に恥をさらす大失態だった。網勢は慌てた。県水産課に睨まれては、年次漁獲高調整金の拠出が危ない。停止などということに至れば、海から上がって年甲斐もなくモッコ担ぎでもせねばならない。たちまち怒りが込み上げてきた。

「島の潮風ボケどもめ！　芸者無しの視察たら成り立つかいや。揚句に、潮風臭い島の女どもが、昆布にうどん粉塗ったくった顔さらして、神聖な座敷をば擦り歩いたれば、今世紀の笑いもんじゃわ」徳斎翁もそれとなく、この失態をなじった。

「県の副知事といえば、はや何処へ行っても金も顔もきく身分ですわ。したに重い腰を上げてわざわざの離島視察には、それなりの目論見がありますよ。われわれ下々はそれに気づかぬ振りして、それとなくの接待ですわ。それとなく副知事の膝元にきれいどころを押し出して、それとなく聞き出すんですわ。それが、汚などころでは……」

網勢はかえすがえすも無念そうにうなった。

「ああよ、それとなしに膝元へ押し出さにゃ。シャワーも弾くようなピチピチ芸者を押し出さにゃよ」そして物狂おしそうにうなりながら内地の漁業組合長へ電話を入れた。

「わしじゃ、網勢じゃ」

(はて、どうしましたかいの？　何か急用ですかいの)

「ああよ、古座江始まって以来の急用じゃ。ええか、なにがなんでも宴会が始まるまでにシャワピチ芸者五人、送り届けろい」

(は？　シャワピチ？　そりゃどんな食いもんですかいの)

「食いもんじゃね。芸者じゃ、芸者。菊梅、小そめ、秋乃、豊吉、松よ。これらを荒縄でひっくくって第三便で島へ送ってよこしゃい」


牛麿町長はこれら元老連中の騒ぎをひとまず押し止めて言った。

「ま、宴会の段取りはそれとして、まず出迎えですわ。あなたがたオカミはかたく口を閉ざして、わたしの背後で息を潜め、副知事に無言の圧力をかけて頂きたい。間違っても開発反対の演説なぞぶたぬように。ヘタな演説などぶてばあれほどの古狸、われらが寄せ集めの烏合《うごう》の衆であることをいっぺんで看破ってしまいますからな」網勢がたたみかけて言った。

「ああよ、歓迎レセプションたら町長一任にゃ。じゃきに宴会となったれば、こっちのもんだわ。ところでシャワピチ芸者を手配したからにゃ、ここで釘さしておかにゃならんぞい。徳斎翁よ、御殿の馴染《なじ》みの小そめにゃ、よくよく因果をふくめて副知事の膝元によじるよう頼むわな。乙吉よ、島太夫頭の馴染みの松よたら、近頃とみに男嫌いが激しゅうていかんぞい。仮にも白神別宮の巫女頭《みこのとう》のメンツにかけて機嫌よう持ち上げてくれよとな。源白よ、大和尚が薬師堂の暗がりで菊梅に特別祈禱したことは、町の子供も四割かたは知っとるよ。したからに菊梅によくよく因果をふくめて副知事の腹の内をば探らせよ」

「まあ、宴会も程々に願おうかい。芸者どもがよってたかっても崩れるような玉じゃないわ。副知事は宴会のプロじゃ。あらゆる攻めをかわしよる」

「なにをぬかすか。国家たら県たら、ただの見せかけじゃわ。もともと鼻たれ小僧がひとを押しのけてのし上がっただけのこっちゃ。弱みを握れば崩れん国家も県もないわい」

「弱みなど握らんでよいよ。今回の視察は、アララ島への副知事の無理解ぶりを気づかせればよい。開発という選択肢は無いと気づかせるんじゃ」網勢がさらに何か言おうとすると、乗客のなかから突如、乗船排除したはずのムメ子がぬっと出てきた。みなあっけにとられていると、ムメ子は静々と町長の前にやってきた。

「第二便でうちのトモ安も来ますからに、副知事閣下にはきっちりご挨拶など申して、トモ安ともども県の今後の方針なんぞ、ご相談したいと、こう考えているんですよ。なのに先ほどよりの、こんなケチな通い舟での内輪もめ。町長さんたらオカミたら雁首揃えてよくも恥ずかしくないもんですわ」一同、茹でたほうれん草のようにしゅんとなって席に戻った。しかし町長にはムメ子の出現は有難かった。酒に任せて気勢を上げていた連中がおとなしくなった。

「なに、問題はただひとつですよ。副知事には島内をじっくり視察いただき、アララ島の大自然の圧倒的素晴らしさを堪能してもらう。これだけだ」みな素直にうなずいた。

「あら、副知事閣下はアララ島に観光に見えるんですか？　まさかに違うでしょう。県と町との利権調整の下準備ですわよ。いいですか、アララはろくに人も住めない、資源もない離島ですよ。ここに、うちのトモ安の企画課、観光課がくさびを打って、とにもかくにもまず、無策の古座江町に救いの手を差し伸べ、返す刀で県の長期海洋開発の要《かなめ》にしようという慈悲深くも雄大なスケールの閣下の思し召しですわよ。仮にもしこのクズ島に大空港でも建設されれば、その管理自治体たる古座江は、町から市へと勇躍するのも夢ではありまっせん！」この「市」という言葉が皆の脳裏を電撃のように走った。特に町長選になにがしかの意志表示をみせている連中は、ぶるっと身震いした。「町長」というケチな肩書が「市長」という余りにまばゆい肩書に瞬時に入れ替わった。もし市長ともなれば全国市長会議では、北から札幌市長・仙台市長・横浜市長・名古屋市長・大阪市長・京都市長・神戸市長等々、超一流のお歴々と肩を並べてレセプションなんぞに出席できるのである。これは末代までの栄誉であり誇りとなろう。仮にも花のパリや霧のロンドン、摩天楼のニューヨーク等々、世界の大都市市長と国際交流などした日には、もう末代どころか人類滅亡までの栄誉である。市長選、もとい町長選出馬をうかがっている面々は顔面蒼白となった。しばし沈黙ののち徳斎翁がうわずった声で言った。

「網勢さんとこはよい嫁をもらいなすった。はは、このムメ子はひとも知ろう女子大出のエリートで、古座江のごとき町にはミスマッチのシティ型だわ。そうとなればこの徳斎翁、鏑木一之丞がムメ子の後見人として開発派の旗頭にならせていただきましょう」

この徳斎翁の度重なる変節に、源白和尚が気に入らない。

「したに徳斎翁よ。開発反対派票をば流産させてに、いかな当選の秘策があるのかのう」すかさずムメ子が後見人に対する後見発言をした。

「あら、そんなの造作も無いことだわよ。群衆には群集心理という便利なものがありますから、県のお墨付きを全面に押し出して、『町を市に〜昇格祈願』と選挙カーに書いて走るだけで何万票もがコロリと転がり込むわぁよ」もう一同は酒宴どころではない。反対派の結成をさっき出航時にしたばかりなのに、急遽あまりに急遽に賛成派への大転換を迫られたのである。後見人徳斎翁は、この好機を逃がすまいと一歩出た。

「ムメ子の言うはいささか楽天的で女の浅知恵ではあるが、選挙カーだけでは心もとない。『われらが古座江を町から市へ〜昇格祈願』のポスターを刷り、『古座江市制実現決起集会』をば開き、『あなたの清き一票が夢のパリ、ロンドンへ』としたDMを開発反対署名者に送りつけたら、開発賛成＝ロンパリですからに効果抜群じゃわ。さらに追い打ちをばかけて全有権者に対してアンケート調査をばしかけるのですわ。

〈　　有権者の皆様へ

いよいよ皆様の清き一票で新しい町長をお選びいただく日が近づいてまいりまし

た。

つきましては、公平なる明るい選挙のために有権者の皆様のご意見を頂きたく、アンケートにお答えください。（いずれかに○をしてください）

1　次期町長にふさわしいひとは

A　宗教的な暗い精神主義のひと

B　実務型で経済金融に明るいひと

2　古座江町のあるべき未来像は

A　伝統をただ守るだけの時代遅れの町

B　華やかな国際都市としての市制昇格

3　アララ島のあるべき姿は

A　うす気味悪い神秘の島

B　空港を持つ夢のネイチャーパノラマランド

ご協力有難うございました。なおこのアンケートは町長選に直接関係あるものではありません。〉

とまあ、こんなところですわ」さっそく源白和尚が反発した。
「異議あり。こりゃ、有権者への誘導尋問じゃわ。ムメ子も徳斎翁もおのれのことばかりで、広い世界観がないわ。宗教をば暗い精神主義と言い放つは言語道断、無知蒙昧、軽薄短足じゃ。古座江の有権者すなわち善証寺一千年のか弱き信徒。すなわち迷える凡夫じゃ。政治は民の幸福にあればなおさら、この宗教都市古座江の本来ある姿に立ち戻るべく町長を選ばにゃ、どもならん。わしはアンケートなど嘘寒いペラペラは好かん。さればやはり『町ぐるみふれあい善証寺祈禱会《きとうえ》』開催の運びとあいなるんだわ。

〈　　町ぐるみふれあい祈禱会ご案内

1　一般祈禱料　各ご利益につき三〇〇〇円

(ご利益品目は次よりお選び下さい)

○家内安全　○交通安全　○五穀豊穣　○大漁祈願　○無病息災　○学業成就

○良縁成就　○安産祈願　○子孫繁栄

2　特別祈禱

○癌封じ　○浮気封じ　○ぽっくり往生　○宝くじ当選　○(　　)様町長当

選

3　市制昇格祈願祈禱　志納金（ただし一万円以上）

町長選において善証寺源白和尚に投票意思表示の方に限り無料となります〉」

今度は乙吉島大夫頭が反発した。

「祈禱ちゅうは、こりゃわれらが白神大社別宮のお祓いと客の取り合いですわ。したにそりゃ牛麿の思うつぼじゃ。われらが開発賛成派にと転んだれば、県との利権がらみの者らは納得するがに、利権に無縁なる庶民には、われらが裏切りは怒りの火床だわ。その分裂こそが牛麿町長の思うつぼじゃ、なあ町長さんよ」

「よくぞ言った。だてに島太夫頭をしておらん」そう牛麿がおだてる間もなく、驚くべきことにおしな婆がしゃしゃり出てきた。まったくムメ子に次いで予想外の事態である。

「源白上人様よ、よくよく騙されてはならんぞよ。この乙吉島太夫頭はただのパチンコぼけだぁよ。乙吉のねらいは上人様と徳斎翁と網勢をば、開発賛成派の三つ団子の串刺しにして、開発反対派の牛麿町長とぶつけあい、共倒れをねらっておるのだわ。

乙吉は親類筋の辰吉をば目立たぬように押し出して、当選の暁にゃ、陰で糸引くつもりじゃわ」

さすがの乙吉島太夫頭もこの中傷誹謗には烈火のごとく怒った。

「なんちゅう悪しき言い様じゃ。たとえ善証寺故源覚上人様の大黒だとて許すしゃべりであるもんかわ」と訳のわからぬことを叫んで、乙吉島太夫頭はおしな婆につかみかかった。これを源白和尚がバカ力で突き飛ばすと、乙吉島太夫頭はもんどりうって床に転んだ。それがたまたまムメ子の足元で、乙吉島太夫頭はその足にしがみつき立ち上がろうとしたが、ひっつかんだムメ子のブランドスカートが哀れにも引きずり下ろされた。かな切り声を挙げたムメ子は我を忘れて徳斎翁をひっかいた。怒った徳斎翁は面前のおしな婆のほっぺたをいやというほどひっぱたいた。船内はたちまち阿《あ》鼻叫喚《びきょうかん》の地獄絵と化していった。

船外はまぶしい夏の日差しに輝き、カモメたちが悠然とこの愚か者の船のまわりを、つかず離れずしながら舞っていたのだった。

18　ひとりぼっちの少女

ひとりきりになった希和は、熱帯雨林のように暑苦しい森の中を汗みどろになって歩いて行った。ただでさえほの暗い道なき道を気味の悪い鳥たちの鳴き声にせかされながら、転んでは歩き、歩いては転びして先へと進んでいった。

（マクラトリ峠、マクラトリ峠）と呪文のように唱えながら、彼女はいつしかまだ見ぬマクラトリ峠そのものの幻覚に捉われていった。

幻覚の中での峠はものすごい勢いで回転する鋼鉄製の錆びた尖塔であり、その周辺を無数の点滅する火の玉が飛び交っていた。峠の眼下には、へどろのように粘ばつく雲塊が渦巻き、島の姿は何ひとつ見えないのだった。硫黄とメタンの匂いに満ちた悪夢であった。

希和は、マクラトリ、マクラトリと心の中で繰り返しているうちにハッとあることに気づいた。

（そやわ、マクラトリってまくり取ることなんやわ。マクリトル。ほな、なにをまくり取るんやろ）そのことで頭がいっぱいになっていると、いつの間にか峠の幻覚が消えているのに気づいた。（取れたわ、まくり取れた。なんや、うちの変んな考えが取れたんやわ。アララのこと、やっぱり頭のどこかで変や思てたんや。うち、内地の考え方やった）

するのと突然、希和の前方がポカリと開かれた。あれほど希和を苦しめた密林が終わり、ついに峠の明るみに出たのだった。

「ああ！　マクラトリ峠」

そう、そこはまさにマクラトリ峠だった。「見よ、旅人よ。ここがマクラトリ峠である」と書かれた石碑が堂々と建っていた。視界は三六〇度開け、島と島を取り囲む滔々たる海とがはっきりと見えた。

「まぶしいわぁ」嬉しさのあまり希和はクルクルと帽子を回しながら、スキップで石碑の周囲を跳ねまわった。

海風がなんとここちよく吹くことか！　旅人希和よ、ここがここそがアララの中心たるマクラトリ峠である。ここそが人跡未踏のアララ島の神秘への入り口である。ここそがカガミ池、ササラサ川、トトリコ渓谷、そしてアカナイワムロノヒトヒの住むコチサミダレの滝への入り口なのだ。内地人は言うに及ばずゲソ地区の住人すらいち度として足を踏み入れたことのないアララの秘境への入り口。

興奮が冷めた希和は、疲労を覚えて石碑を背に坐り込んだ。幸福感が体中に染みわたり毛穴の隅々までが嬉しがっていた。ああ、うちはアララに入った。

そう確信するといてもたってもいられなかった。希和は跳ね起きると地図を広げてカガミ池があると思しき方へ歩き出した。

しかし次の瞬間、希和は身が凍りつくような恐怖を覚えた。なんとカガミ池におりる道の入り口には累々と鳥の死骸が横たわって、行く手を塞いでいるではないか。それらは既に腐敗し、異様な臭気を放っていた。

「あ、トリトビノウミヤマが死なはった！」

希和はとっさにそう思った。トリトビノウミヤマがタチイデノスグレに殺された。命を取られた。むろんそこにトリトビノウミヤマの死体が有るわけではなかった。しかし、希和にはトリトビノウミヤマの死体とは、これら鳥たちの死骸にほかならぬと分かったのだ。なんという残酷。あの屋敷で出あった浅黒い、物静かな紳士。顔のひきつれさえなければ高貴なまでの美男。アララの古い血を誇るタチイデノスグレの冷酷な仕打ちが今、希和の目の前にあった。ゲソではシモノクロヒトヒの仮面を被り、住民を欺き、またアララの王アカナイワムロノヒトヒの無言の意志と掟を内に秘めて、そしてそれがゆえにアララびとにさえ冷酷で在り続けた男。この男の仕打ちを目前にして、希和は自分がいかにアララから遠い所にいるか痛感したのだった。希和がトリトビノウミヤマの好意にすっかり甘えていたことが、彼の破滅への道であり、それを百も承知で彼は鳥の王として振る舞ったのだった。希和はうずくまってしばらく嗚咽《おえつ》していたが、やがて立ち上がると、峠から遥か海に向かって叫んだ。

「トリトビノウミヤマ！」

希和は気を取り直して峠のあたりを歩くと、石碑を少し過ぎた木陰に小さな山小屋が見えた。重い扉を押して中へ入ると、うす暗い部屋にテーブルがひとつあり、そこに何か包みのようなものがあった。開けてみるとそれは美味しそうなサンドイッチと水だった。一緒に手紙が添えてあった。トリトビノウミヤマからのものだった。

「いろいろと大変ではあった。ここはあんたのけなげな心を迎えるささやかな休息場である。急いでカガミ池に降りず、気を鎮めて留まれ。わたしは死んだのではない。

あなたがたの目の前から消えたにすぎない。消えるとは、あなたがたの視覚を超えたという意味である。あなたがたが見ようとしない世界に転じたということである。散乱する鳥の死骸は、だからわたしの世界では鳥たちの美しい飛翔の姿ではある。わたしはその世界からあんたの未知と未完の行く手を見つめているのだから、ここからはただ見つめるというだけのトリトビノウミヤマである。明日の明け方にはカガミ池に降りよ。それがいいと思う」

希和ははじめてうっすらと目頭を濡らした。そしてサンドイッチと水とを口に入れた。希和がテーブルに坐って黙々とものを食べる姿は、なにか透明な静けさに満ちていた。その姿は、アララ島のマクラトリ峠の頂上でのその姿は、希和がいままでも、これからもずっとひとりぼっちであり続ける姿を、予感させるものだった。

しかし、希和のささやかな食事も再び破られた。

希和が人の気配を感じて、ふと戸口を振り向くと、そこにあのタチイデノスグレが立っていたのだった。希和は思わずパンを落としそうになった。そしてすぐに校長先生の前に立つような直立不動の姿勢をとった。

「ああ、やすめ。楽にしなさい」とタチイデノスグレは希和を制してから小屋へ入ってきた。彼はゆったりとした動作で窓を開け、部屋に風を通した。

「トリトビノウミヤマは何処へいったんですか」と希和はきいた。

「トリトビノウミヤマ？　それがどうしたって」

「わたしをここまで案内してくれたひとです」

「ああそう。夏休みの自由研究はこのあたりの植物を観察するのかな」

「おじさんはシモノクロヒトヒじゃないですか。あたしがお屋敷まで訪ねた」

「ここではシモノクロヒトヒではない。おじさんでもない。君は何かの目的があってアララのかほどの奥地へ入りこんだ、というわけだね」

「違います。迷いこんだんです。あなたがそうさせたんです」タチイデノスグレは困ったように顔を曇らせた。

「わたし、夢を見てるんでしょうか」

「夢は、目覚めてはじめて夢と知る。だから、夢だろか？　という疑問は意味がないんだよ。意味がないって、とっても大事だ。君のアララも夢だし、その夢のなかでのアララは決して夢ではない。君の学校での出来事も、このアララでの出来事も等しく覚めるまでは夢ではない。でも夢から覚めたあと、君の学校での出来事もアララも、もともと何も無かったという幸福に出会うんだよ」タチイデノスグレは洒落た白い麻のジャケットの内ポケットから細巻きのシガーを出して旨そうにすった。甘い香りが部屋に満ちた。

「わたし、自由研究にアカナイワムロノヒトヒのいるコチサミダレの滝を訪問して、インタビューしたいんです」

「ねえ、あの海のマダラ模様の波と、そのうえをかすめる潮風の優しいほおずりが見えるかい？　あれは、この島の永い眠りを守ってきた揺《ゆ》り籠《かご》なんだよ。お母さんの膝のうえの暖かい匂いだよ。そこへ、お帰り。君はそれでもういいんだ。これから先は、アカナイワムロノヒトヒの領域だ。不毛の領域だ。どんなに力を尽くしても何も得られない不毛の領域さ」

希和は、しかし思わず口走った。

「でも、アカナイワムロノヒトヒが、わたしを呼んでいる！」

するとタチイデノスグレは希和の両肩に手を置いて、軽く揺すぶるようにして言った。

「アカナイワムロノヒトヒは、おまえなど呼んではいない。この島の最期の日は、アカナイワムロノヒトヒが全てを焼き尽くし、滅亡と再生の繰り返しに終止符を打つのだ。よいか、アカナイワムロノヒトヒとは、それはアララが始まってからずっとアララびとが奉じてきた滅亡と再生を止めさせるためのアララの意志だ」

希和は、ほんとうにびっくりしてしまった。タチイデノスグレのあくまでも冷静沈着な物言いの内容が、まったく希和の理解を超えるものだったからだ。なぜ、自分のような子供を相手に、そうまで真実の声を投げかけるのか？　希和は、タチイデノスグレがやはり何かを隠していると直感したのだった。

その時、ザザっと砂を蹴るような音が屋外でした。タチイデノスグレはサッと顔色を変えた。

見ると、夏の強い日射しを背にして黒いシルエットが浮かんでいた。それが、あっという間にタチイデノスグレの前に降り立った。カガミノカゼヒメラだった。

希和はむろん、初めて彼女を見た。しかし、海風とともに降り立った未知の女がひどく懐かしいひとに思えた。

「シモノクロヒトヒじゃないか。畑をほったらかしてこんなとこで何してんだい」

「ああ、カガミノカゼヒメラ……」

タチイデノスグレは背筋を伸ばして山小屋から外へ出て、彼女の面前に相対した。

「この子が迷子になったようだ。これからゲソ地区へ連れ帰る」

「よけいなことをするんじゃないよ。あたしが、この子をカガミ池に連れて行って、自由研究をさせるよ」

「いや、そうもゆかない。間もなく、この子の親が島に来て、この子を探し始める。その前に、連れて帰る」

「こんな小娘のために、なんだってお前さんみたいなアララのお偉いさんがウロウロするんだい。マクラトリノタロやトリトビノウミヤマは何をしてるのさ。あんたがひと声かけりゃ、飛んでくる連中だよ」

希和はすっかりこのオバサンが好きになってしまった。タチイデノスグレを歯切れよくやりこめる様はちょっとした見ものだった。希和はリュックからスケッチブックを取り出して、カガミ池の生き物を観察、スケッチしたいと言った。

だが、タチイデノスグレは希和の方を見向きもしなかった。カガミノカゼヒメラの周りをゆっくりと回った。そしてひどく冷淡な口調で言った。

「カガミノカゼヒメラ。あんたの命の泉。あのカガミ池が今どうなっているか、知っているのか」

「何のことだい」

「こんな小娘をかまっている場合ではない」

「じれったいね、何があったかお言いよ」

「トリトビノウミヤマは、このマクラトリ峠で命尽きたのではない。ここの鳥の死骸たちはわたしを欺くためのオトリなのだ。トリトビノウミヤマは、カガミノカゼヒメラのもとで命を終えるべく、カガミ池に向かい、そこで思い通りに力尽きた。だから、あんたのカガミ池は鳥たちの死骸で満ち満ち、もはやあんたが帰るべき池はないのだ」

「しまった！」そう叫ぶとカガミノカゼヒメラはぶるぶると震えだし、次の瞬間、突風となってカガミ池の方へ吹き去っていった。

希和はびっくりして、ただ呆然と立ちすくんでいた。タチイデノスグレはやや同情的に声を和らげて言った。

「ずーっと向こうに光るものがあるだろ。あれがゲソ浦だよ。おまえはあそこからここまで来るのに、大変な苦労を強いられた。だが、今からわたしが陽のあるうちにゲソ浦まで送ってあげよう。そのころには、お父さんも島に着いている」

タチイデノスグレのこの誘いは、希和にとって全く無意味だった。まず、このひとが侵入を拒否しているアララの本拠地とは、現実のものなのだろうか。希和はずっと不思議な予感にいざなわれてここまで来たが、どうも、そのこと自体がタチイデノスグレの思惑のような気がしてならない。つまり、来るなと言って誘っているのである。滅亡と再生の繰り返しを止めさせると言いつつ、アララのエネルギーが滅亡と再生の渦の中心であり、その中心の目に見えぬ象徴がアカナイワムロノヒトヒであり、そこへ、希和を誘導することがタチイデノスグレの最終目的なのではないか。むろん、少女にすぎない希和が、こんな小難しい理論を考えていたのではない。希和の脳裏では、「空回り」することが、アララ島の全体なのだと、直観されていたに過ぎない。

「わたし、やっぱゲソへ帰るわ」

タチイデノスグレは少し意外そうな顔をして言った。

「うん、そうだな。それがおまえにとってよいことだ。だが、わたしは残念ながらお前を送ってゆくことが出来なくなった」

「え？　なんで。さっき陽のあるうちにゲソへ送るといったのに」

「アカナイワムロノヒトヒがそれを望まないのだ」

「だって、ここにはあたしとあなたしかいないのよ」

「タチイデノスグレ、カガミノカゼヒメラ、マクラトリノタロ、トリトビノウミヤマ。みんな見せかけなんだよ。アララの森林と渓流と海風が、仮の姿で現れただけさ。そのことの真実の驚きを、アカナイワムロノヒトヒと言うのだ。だからアカナイワムロノヒトヒが望まない、と言ったのは希和の新しい運命なのだ」

「じゃあ、あたしこれからどないしたらええの?」タチイデノスグレは希和を坐らせて自分も坐った。

「静かに聞きなさい。そしてよく理解するのだ。今のわたしはタチイデノスグレではなくアカナイワムロノヒトヒの意志だ。何度も言おう。この島での希和の新しい運命とは、今に新しいのではない。アララが始まったときから希和の運命があり、その運命が今この時を選んだということが、新しいのだ。だから、おまえはひとりぼっちになった。ひとりでカガミ池に降り下って行くのだよ」そう言い終わると、タチイデノスグレは希和を山小屋に残したまま、目にも止まらぬ速さでゲソの方へ峠を下って行った。

19　ゲソ地区の悲劇

内地のあらゆるもめごとを満載した渡航第一便が、昼近くにゲソ浦に到着した時から、ゲソ地区の悲劇が始まった。

　もともとこれほど急な、これほど大物ばかりの渡航はかつてなかったから、地区事務所はその対策も準備も覚悟も出来ていなかった。単に、接待の宴会場を決めて、あとの面倒は避けようという島三役たる離島長期勤務者たちの自然な判断がなされた。つまり、余計なことは見ない、余計なことは聞かない、余計なことは言わない、という三原則である。だが、もし仮に何か特別なご下問がふいにあったときには、各自が元気に潑剌と隠しだてなく嘘を言っても良いという暗黙の了解がなされた。

　一行が桟橋を降りると、松蔵島太夫が転げるようにして乙吉島太夫頭にへばり付いたが、地区長、監査役、公民館長の三役とその他の事務員はやや余裕をもってにこやかに迎えた。

「急の事で迷惑をかけるの」町長はやや疲れた面持ちで労をねぎらうと、案内に従って一同揃って地区事務所の会議室に入った。

テーブルにはすでに洋食焼肉弁当とペットボトルの茶が配られてあり、それが殺風景な会議室に安っぽいいろどりを添えていた。あれほどの歓呼を以って内地を出発し、船旅も常にない盛り上がりと興奮を見せていたのに、いざ島へ上がってみると余りに素っ気ない応対ぶりに一同すっかりしらけてしまった。悪いことに、地区長はその険悪な空気を察することが出来ず、常の離島訪問者に対するようにながながと挨拶を始めた。

「……であるからしまして、当方といたしましては歴史始まって以来という最大級の歓迎をもちまして皆様方諸重役ご一行をばおもてなし致したく存する次第でありますが……なおもって夕刻には副知事閣下ご一行のご光臨を仰ぐ栄誉に浴し、さらなる歓迎式をば当アララ全島挙げて行いたいと、このように存じおる次第であります」間髪を入れずに牛麿町長が言った。

「地区長さん、挨拶はもうよいから、まず副知事一行到着前に、この島の過去三年の事業報告・会計報告を用意披瀝して、元老衆に納得頂き、県のお歴々の万一の質問に滞りなく報告できるようにしておきなさいや。これは電話で通達ずみです」

「町長さん、したにそれらの書類は毎年地区運営報告として町役場に提出しておりますがよ。なにもこんなめでたい日に冷や水注がんでもよろしいがや」と地区長は心外そうに抗弁した。

「うん、あれはあれだわ。あんなもの県の重役はもともと見向きもせんよ。しかしだ、ご当人みずから視察とあらば話は別だ。副知事とて何がしかの情報を腹に入れて来るのだよ。この島の雑で投げやりな運営実態が明るみにでもなったら、こりゃ県の餌食になる」これにはさすがに地区行政監査役が異を唱えた

「なんとこりゃ、島の実情に無理解なおっしゃりようだわ。したにここな離島に、いったいどんな立派な運営方針などあり得ますかいの。ここな島のアララ地区たるやろくに税も申告せず、住民票の住所においたためしはなく、何やらふらふらと出没し、福祉なんぞもお手上げの状態ですわ」

「ならばその実態を副知事に理解頂いて何がしかの援助を乞い、島民生活の安定を図るいい機会ではないか」

「援助ですと？　この島に充分なる離島手当も付けんと、関口なんぞは内地妻にろくな仕送りも出来ず、近頃は新妻の顔拝むのも盆暮れに限られておりますよ。思えば

新妻とて若き女の身ですきに、なんぞ不測の事態にならんとも限らず、そのような緊急事態に及んでは……」

「監査役さん、ひとの女房の監査より、この島の行く末だ。副知事の思惑を知っておろうが」

「わたしのごとき監査役たら、単なるお目付け役ですかいに……」

「だが、開発計画ぐらいは仄聞《そくぶん》しておろうが。空港だのレジャーランドだの花火を上げているが、そんなものは何の現実味もない。あんたら島の管理者はそのことを副知事に訴えねば、その職を失うことになる」見ると、町長と監査役以外はいつのまにか洋食焼肉弁当に手を付け、船での飲み残しビールで一杯やっていた。

「まあ町長さん、ここはゆっくりして下さいよ。着く早々に固い話もないでしょ」

「もういち度忠告する。きみの役職を握っているのは県ではない、町だ」すると監査役が立ちあがって「こんなそっ首でよかったらいつでも持って行きんされ」と言ってニヤニヤ笑った。牛麿町長はかれらの自信たっぷりな態度に、おや？　と思った。すでに誰かが糸を引いているらしい。町長の権限を越えた者ないしはやがて越える者。なるほど牛麿町長が次期町長選に出馬しないという情報が既に入っており、またこちらへ来る船内で、一同が島開発賛成派に転じた情報が何者かによって既に一報されているのだ。それならそれで、ひとつ揺さぶりをかけてやらねばなるまい。

「地区長さん、監査役さん。こりゃ失礼した。事業報告なぞ固い話は撤回して、君らの心からの歓迎を受けよう。その前にちょっと聞きたいのだが、わたしが次期町長選に出馬しないことを知っておるな」

「いや、初耳ですわ」そろってとぼけた。

「ついてはここにおられる徳斎翁と源白和尚が出馬される。いいかな」

「はあ、いいですわ」

「ところが話はそう簡単でない。先ほども船内で隠密なる選挙関係協議が設けられ、実にどうも事態は錯綜しつつあることが判明した。つまり、徳斎翁と源白和尚の二人が船内協議において突如として開発賛成派に転んだために、開発反対派のわが票田を譲られるべき候補者とガチンコの票取り合戦とあいなる。そこへつけこんで、乙吉島太夫頭のお身内の辰吉島太夫さんがノンポリの浮動票を取りまとめて、漁夫の利を得ようという訳だ。分かったかな」

「どうも今ひとつだわ」

「つまりこの混乱を招いた張本人はこのわしだ。わたしの責任なのだよ。よって、わたしが不出馬を撤回することで、強力なる開発反対派結成を促して事態は無事収集されるのだ」

たちまち地区長はもとより臨席の一同も焼肉弁当から顔を上げて息をのんだ。

「そりゃ、混乱の上塗りだわ」と徳斎翁がいまいましげに唇を嚙んだ。乙吉島太夫頭も負けてはいない。

「卑怯だわ。船中の隠密協議をば明るみにさらけ出し、言うに事欠いて浮動票ねらいとは、いいがかりじゃわ。この島は白神大社別宮が千年の永きにわたって神威を守ってきた島じゃいの。下世話な選挙の道具にされてなるものかい。今からこの島は閉鎖じゃ」

「閉鎖ですって！　何様がそんなあこぎな憎まれ口のやけくそを言えるんですか」とムメ子が叫んだ。「だいたいが、この島の本来の管理自治体は県でしょが。町はあくまでその手先使い走りですによって、県の意向あってのアララでっしょ。うちのトモ安が副知事閣下をここへお連れする前に、なんぴとたりとも島をどうこうすることは出来まっせん」

「いや、県の上は国ですわ」と牛麿町長が中学校の社会科授業みたいなことを言った。

「国がどうしたというんです」ムメ子あざ笑うように牛麿町長を睨んだ。

「県の上は国。日本国政府ですわ。わたしはその昔、ある政治団体の事務局員をしておった時に、引退された議員さんのご子息を衆議院に送り込むお手伝いを非力ながらさせて頂きましてね。そのひとが今、国交省の政務官をしておりますきに、この島の実情なんどをちこと書状にしたためて送りましたが、いちど永田町に遊びに来いとのお返事でしたわ」

一同、水を打ったように静まり返った。永田町、ひいては霞が関という関所の向こうに陣取っている衆議院議員なるものの実態が、霞のように遥か遠くに空想されるばかりだった。つまり、ケチな地方町長が国家の中枢に太いパイプを持っていることが理解できないのである。よくあることだが、転校生をいじめていたら、その親がとてつもない有力者だった、といったたぐいである。

「はは、そりゃ結構なことだわ」徳斎翁が半信半疑で牛麿町長を見た。「しかし、そんなお偉いツテをお持ちなら、何故にはなから使わずに、これほどまでの悪あがきをばしなすったんでしょう。こりゃ、眉唾ですわ」ムメ子も気を取り直して言った。

「まったくだわよ。永田町だの霞が関だのと、修学旅行じゃあるまいし、あたしらが国の事情にうといのを幸いにケムに巻いているんだわ」

「どうでもよい！　このたらふく豆のおっちょこちょいどもが」と突然、源白和尚が怒鳴った。「おぬしら、ちことは恥を知れやよい。国たら県たら、ひとの価値は地位権力ではないわ。ましてや皆して町長の椅子を争っての誹謗中傷合戦はまことに見苦しい。町長選においてわれらが混乱迷走するは、あわれな町民どもの真に悲しむところじゃ。神も仏も無いがごとくじゃぞい。よいかや、仏法に貴賤無く、男女無く老若無しじゃ。されば貴賤老若男女合わせて信頼すべきは、ただに仏法のみじゃ。いらぬ争いをやめてこの拙僧にすべて委ねなされ」

「お上人様は、まあ黙っちょれ」とおしな婆が水っ湊すすりつつ源白和尚を制した。

「ここは離島じゃよ。つまりはたかが知れた票田じゃ。ここな離島くんだりで票の取り合いをして、まさかに県の後押しちゅう大物を釣り落としてどうするかいの。開発たらの問題は、町長になったもんがゆっくり考えりゃいいこっちゃ。公約たら政策たら、選挙の足しになりゃせんわ。コネもパイプもただのこけおどしじゃ。源白上人よ、おまあもたいがい金玉が小さいの。まずは目先のことをば片づけよ」牛麿町長はここぞとばかりに声を張り上げた。

「おしな婆さん、よう言うた。わしを除いては、今やみな開発派じゃ。開発に向かっての下準備の視察に副知事のご到来とあれば、あんたらこそこぞって歓迎式をば盛大にやりなされ。思えば反対派のわしが副知事歓迎とは、こりゃ矛盾じゃからこれで失敬する。そうとなれば、はや時間がない。解散！」

何がどうなったか、一同急に解散となった。まず松蔵島太夫が慌てた。副知事到着まで、面倒なこれらの連中を会議室に足止めさせる計画が駄目になった。バタバタとみな何処かへ出て行った。これは、かれらが勝手に島民らと話をして、痛くもない腹を探られる事態が予測された。「あれよ、みな何処行くんかい！」しかし誰ひとり松蔵島太夫の制止に耳貸す者はいなかった。牛麿町長に見放された一同は、このよく知らない離島で路頭に迷う恐れも出てきた。母親と祭りの夜店に来て、遊びに夢中になった揚句はぐれたようなものだった。町長は悠然といずこかへ立ち去ったのだ。

乙吉島太夫頭はとりあえず松蔵島太夫の宿舎へ転がり込んだ。網勢はとりあえず漁業組合支部へ転がり込んだ。徳斎翁とムメ子は事務所経理課の机に並んで坐ると、面白くもない帳簿や書類をひっくりかえした。副知事到着までどうしようもない。つまり松蔵島太夫が危惧したような、みなが島を嗅ぎまわるという事態にはまったくならなかった。ことほどさように、離島ではぐれることは恐怖なのである。

さて源白和尚とおしな婆は、さすがに宗教者の余裕をもって、公民館と施設を視察した。施設職員の説明を聞き、軽くうなずいたりした。天皇皇后両陛下ご視察の、あれである。

会議室は食い散らした弁当のみが無残に残っているばかりだった。すなわち副知事歓迎式打ち合わせをすべき地区長、監査役、公民館長らも何を思ったかそれぞれ帰宅してしまった。なんと町長という柱を失うやたちまちに、みなが渡航目的を忘れ、県の強権を恐れ、副知事の面倒なご下問をいとい、それぞれに閉じこもってしまったのだった。

もともと副知事対策など何も無いに等しい。一同、開発賛成に回ったのだから、単に副知事の尻に付いて島の視察をすればよい。しかしもし副知事が、何ゆえ古座江の重鎮たちがこの島に集結しているのか訊《たず》ねたら、なんと答えるのであろうか。当所の、開発反対の訴えがあるなら、こうして皆して現地の島で決起集会を開くのだ、と返答できた。副知事の島視察に対して体を張って抗議するという英雄的シナリオも書けた。しかし開発賛成では、頼まれもしないのに県視察同行者メンバーにこそこそと潜り込んだことになる。

牛麿町長に離脱された今、古座江の元老たちはまったく途方に暮れねばならなかった。時間も無い。いっそ、県の上陸に当たって、何処かに隠れ息を殺して、かれらがめでたく島を離れるまでやり過ごす方が得策かとも思えた。いや隠れているほかないのだ。うかうか出てゆけば、副知事視察の新聞記事に写真入りで載ってしまうだろう。載れば即、開発賛成派の烙印が押される。町民は、自分たちを県ぐるみ利権まみれの賛成派と見る。まして、副知事の尻に揉み手をして付いて行くところを写真に出されたのでは、次期町長選は戦えぬ。と、各自選挙がらみの連中は考えた。つまり、開発賛成派におもねらず、反対派に深入りせず、この島にいる限りは、ここはなんとか泳ぎ切らねばならない。内地に帰れば「町から市へ〜昇格悲願」の奥の手で、堂々たる賛成派で押し通せるのである。

この事態は、選挙がらみの連中を再びひとつに集結させることとなった。ひと目につかぬ場所、つまり松蔵島太夫の宿舎にみなが、こっそりとめでたく再集結したのである。

ここではすでに帰宅していた地区長、監査役、公民館長が呼び戻され、松蔵島太夫も含めて対策が練られた。まずムメ子が口火を切った。

「いったいに、副知事閣下が到着されるまでに、あたしらが団結して県の色よい方針を得るべく方策して、はた、視察後は副知事閣下からの開発賛成派のお墨付きを頂き、晴れて選挙に出馬という段取りを組むのが筋ですわよ。なのに、この島の三役は安物の焼肉弁当をあてがって、それで万事用済みとばかりにすたこら帰宅なされたわよ。この無自覚たら島の洟垂れ小僧もかくやだわ。こうとなったら必死に命を捨ててかかってもらわにゃ、ならんわよ」地区長が眠たげに訊ねた。

「ほいでしたらば、このお歴々のうち、どなた様をばわしら島民は町長に推したら、よかったかいね」意表をついた質問だった。徳斎翁がなだめるように言った。

「いやそう真っ向から出られては、どにもならん。そうではないのです。町長選のことはまずは置いておき、はは、ここは県との擦り合わせを思案すべきなんですよ。ここな開発反対署名簿をば錦の御旗《みはた》として、歓呼の声で送られたわたしらは、何がどうなったか船中で賛成派に寝返り、いまや牛麿町長を失い、はたまた皆さん島三役の支持を失ったのでは立つ瀬がないということなんですわ。したきに副知事視察中はかえすがえすもあなた方のご協力を頂き、あたしらはあまり表だっては動けぬということですわ」

「なんだか分からん話じゃわ」と監査役が渋面をつくって言った。

「わしらはこの島の現場管理役ですわ。管理役として言わしていただければ、ここの島民は特殊な境遇ですきに、選挙などの政治向きにはとんと向きません。策謀なき島ですわ。ひとを上げたり落としたりせんのです。ましてや渡航船のなかでコロリと方策が変わるような軽薄な皆さんがたとは、つきあえまっせん！」

「ホホホ」とムメ子が愛想笑いした。

「なるほど噂にたがわぬ監査役さんの筋金根性だわよ。したに、筋金を通し過ぎると肩も凝るし内地との協調も難しいことになるわよ。内地ではあなたがたのお立場が何かと取り沙汰されているわよね」この脅《おど》しに乙吉島太夫頭が乗った。

「聞けば、おまらはこの島でおおきに腹をば肥やしたと、松の方から報告も上がっておるきに、そりゃ多少の潤沢はしかたねえだが、余りのことなれば、わしがおまらの内地帰還許可をば取り消して、永遠にこの島に骨埋《うず》める按配になるぞい。むろん松も連帯責任の権《ごん》島太夫に降格じゃ」島三役と松蔵島太夫は青くなって身を縮めた。乙吉島太夫頭のこれほどまでにドスのきいた声は初めてだった。松蔵島太夫が蚊のなくような声で訊いた。

「権島太夫の給料たら、なんぼでしたかいの」

「聞けば、島太夫職次席じゃから手取りで二十万ポッキリだわ」

「やってゆけんのう……」

「島三役も離島に骨埋めるんだわよ。離島手当はもとより無しだわよ」ムメ子に、いや内地に見放された島三役は完全に沈黙した。副知事渡航対策隠密会議が、いつのまにか脅しと押し付けの場と化していた。弱者たる島三役は、得体のしれぬ悲劇が迫ってくるような恐怖にかられた。地区長が、何を思ったか言ってはいけないことを口走った。

「わしらはやっぱ、島三役の立場上、開発賛成派にはなれませんよの」

「おまらは、内地に喧嘩売るかや！」と元老三役が詰め寄った。島三役が思わずあとじさる。ジリっと元老三役が一歩出る。そして島三役はついに汚い宿舎のベニヤ壁に追い詰められた。折からクーラー故障中で、隠密会議ゆえに窓も開けられず、内地と島の三役は汗びっしょりとなって宿舎の片隅に折り重なった。なぜこうした理不尽な悲喜劇が生じたか。たんなる歓迎会の準備会議がこうも汗臭い泥試合の様相となったか。それはひとえに町長無き烏合の衆たる渡航組の、無自覚、無節操の当然の帰結であった。

そこへ、牛麿町長が血相を変えて飛び込んできた。

「わしの娘希和は何処へ行ったのだ！」宿舎の壁で揉み合っていた連中が弾かれたように散った。牛麿町長は、地区長のしどろもどろの言い訳も聞かずに突き飛ばした。

「松蔵！　聞けば、あの小娘にはさしたる異変もないはずじゃろが」と乙吉島太夫頭が詰問した。

「それですがいに、この節は人手不足のおりがら、捜索隊は何がしかの出動手当を握りしめて、シモノクロヒトヒの屋敷まで難儀な道のりをばいとわずに、出張っておりますきに、ここらの緊急渡航騒ぎに紛れ紛れて、来《こ》し方行く末案じるひまもなくに……」とわけの分からないうわごとを言って逃げようとしたのを、源白和尚の例のバカ力がまたもや取り押さえ「よりによって町長さんのまな娘をば、この未開の離島に解き放ち、あげくに行方が分からぬとの放埒《ほうらつ》振りに、島太夫の矜持《きょうじ》もあるやあらぬや、この始末をどうしてくれる」と引きずり回した。松蔵島太夫は、それでも島三役らに救済の目配せをしながら良く耐え良く忍び、宿舎の出口辺りで手を振り切って外へ飛び出した。それを見た牛麿町長は島三役の尻をどやしつけて、捜索隊の詳細報告を聞くべく宿舎を出た。

20　死の池

落日のカガミ池は、無数の鳥の死骸で膨れあがり、折から夕陽を受けて赤黒い血の色に染まっていた。深い沈黙があった。それはカサとも動かぬ枯れ枝にも染みつき、死が、これほどまでにすべてを覆い尽くしたかと、驚かされた。

乞食女カガミノカゼヒメラ。彼女の姿は、その池の端に見いだされたが、彼女の喉から漏れる奇妙なすきま風が、野辺送りの嘆きの歌のようであった。

シモノクロヒトヒ。実はアララびとのなかで最も誇り高きタチイデノスグレが、かくも残忍な仕打ちをしようとは思ってもみなかった。トリトビノウミヤマが内地の娘に関心を持っていたことは彼女も知っていた。だがまさか、その関心の度合いが命を懸けたものだとは思いもしなかった。それのみか、こうしてカガミ池にまで累を及ぼすとはタチイデノスグレは恐ろしい男だった。

しかし、真に恐るべきはその背後にいるアカナイワムロノヒトヒではなかったか……。

カガミノカゼヒメラは何故かアカナイワムロノヒトヒを恨むことができなかった。それがアララなのだから。むしろ、あの内地からの娘がこのアララをどう変容させてしまうか、あるいは何も起こりはしないのか、それが問題だった。だがアララの滅亡がさして遠くない日に訪れるのなら、それがアカナイワムロノヒトヒの意志ならば、それはそれでよい。それにしても、何故内地からいたいけない少女が呼ばれ、試練にあわされまたそれを乗り越えさせようとしているのか。明らかにタチイデノスグレが娘に試練を与え、娘の本性を見ようとしているのだが、それがアカナイワムロノヒトヒの意志であった。

カガミノカゼヒメラは夜のとばりが降りると、生臭い風を追い払うようにしてカガミ池を離れ、トトリコ溪谷を流れるササラサ川へと吹き下っていった。

トトリコ谷は漆黒の闇に包まれ、ササラサの軽やかな瀬音だけが響いていたが、アオミネヌレヒトヒの居場所だけはすぐに分かった。闇に沈むササラサの流れに青く不気味に光る浮遊物があった。それがアオミネヌレヒトヒだった。

「姐さん、トリトビノウミヤマは気の毒だったたい。あのような恋情はアララにはかつてないものだったたい。ぼくはその恋情を誇りとし、また喜びとさえするんだけど、カガミ池までもが死臭に覆われ、一滴の命さえ許されぬは、あからさまにも悲しいことだったたい」

アオミネヌレヒトヒの目に、うっすらと涙が滲み、それがために漆黒の闇に沈んでいたトトリコ谷は、ほんのりとではあったが青い薄明《うすあ》かりに浮かんだ。それがかえってボロ着をまとったカガミノカゼヒメラの汚れた顔を神秘的に映し出した。

「いいんだよ、これで。あたしたちは、どの道こうなるんだから。いいかい、おまえもまたこの谷を追われてアカナイワムロノヒトヒのもとへ行くことになる。この島の最期《さいご》の祭りのためにね。それよりか、訊きたいんだけどね、カワタレノユウサリの爺さんは今、何処にいるんだい」

「カワタレノユウサリに会って、どうしようというんだい、姐さん」

「あたしはね、どうしても分からないんだよ。キワがこの島に来て、始めはあたしもアカナイワムロノヒトヒの気まぐれを面白がっていたんだけど、ことがここまできたら、話は別だからね。気まぐれじゃあ済まない。これはれっきとしたアカナイワムロノヒトヒの悪なんだよ。罪もない内地の娘を何故巻き込むんだろうね」

「復讐だろうか。内地人に追われたアララ一族の」

「馬鹿だね。アカナイワムロノヒトヒはそんな単純じゃないよ。復讐なんてなんの意味もありゃしないって、ちゃんと知ってるさ」

「じゃ、なんなんだい」

「それを、アカナイワムロノヒトヒに問いただすのさ」

アオミネヌレヒトヒはカガミノカゼヒメラの背をさすりながら言った。

「姐さん、タチイデノスグレはぼくたちの動きをすべて知っているんだし、アララの千年の掟は破れはしないんだから」

「掟なんかもう要らないんだよ。だって早晩、アララは滅びるんだから」

カガミノカゼヒメラは、ほっそりとして少年のようなアオミネヌレヒトヒをそっと抱き寄せた。彼女のボロ着が青い液で濡れた。

「姐さん、静かな夜だね。こうしていると何事もなかったようだい。アララは千年の眠りからついに醒めないままに、地上から永遠に消えるのだろうか。ぼくは、魂だけの人間になってしまったけれど、肉体を持った内地の人間を憎むこともないし、憐れんだりもしないんだい。ぼくは、静かにトトリコ谷に浮遊していたいだけなんだい。青峰からトトリコ溪谷にかけて、気持ちいい音楽みたいに浮遊していたいだけなんだい。アカナイワムロノヒトヒにも興味ないし、タチイデノスグレがぼくを滅ぼさない限り、時の流れるままに浮遊していたいだけなんだい」

「それでいいんだよ。だけどね、永遠なんて無いのさ。もし有っても感じ取ることなんて出来やしないのさ。だってそうだろ、感じ取ったらそれは永遠なんかじゃないからね。あたしたちは、アララの最期を看取るんだ。そして消えちまうんだけど、それから先の事は何の意味もないんだよ。だから、悲しんだり苦しんだり恨んだりするのは空しいことなんだよ。いいかい、アララが有る限り、アララでいつづけなきゃならないよ。そのためにはトリトビノウミヤマみたいに滅ぼされたっていいんだよ。命より大事なものがあるんだ。それをここではアララっていうんだよ」

「内地の娘はもう間もなくカガミ池に来るんだろ？　死の池を見て、その子はいったいどうゆう気持ちになるんだろうね」

「そこがアカナイワムロノヒトヒのねらいさ。カガミ池を死の国の入り口に見せかけたんだ。キワはあの池で力尽きていったんは死ぬんだ。そしてアカナイワムロノヒトヒが欲しがっていたキワの魂だけがトトリコ谷からササラサ川を上がって、コチサミダレの滝へと吸い込まれてゆくのさ。そして最後の祭りにアカナイワムロノヒトヒはキワの魂を娶るのさ」

「そこまで筋が読めていて、いったいカワタレノユウサリに何を訊くのさ」

「なぜ、キワを選んだかだよ。それがどおしても分からないんだ」

「姐さんはもう、カガミ池には戻らないんだろ、ここにいなよ。きっと明け方に、カワタレノユウサリが散歩に来るよ」

「いや、その前にタチイデノスグレに会っておこう。ゲソ地区のシモノクロヒトヒでいるうちに口を割らせることが出来るかもしれないから」

「タチイデノスグレはそんな考えはいっぺんで見抜いてしまうぜ。そして姐さんはもう、ゲソ地区から出られなくなるだろうな。アララに帰れなくなる」

「ああ、そりゃとんでもないこったね」

「アララの最期の祭りを見届けよう。それしかもうないんだい」

カガミノカゼヒメラは何を思ったかサッと風になるとアオミネヌレヒトヒのもとを去って行った。

「何処へ行くんだい、姐さん」

「コチサミダレへ！」

「よしなよ！　アララの掟はまだ生きているんだ」


アオミネヌレヒトヒは意を決するとササラサ川を激しく下ってカガミ池に出た。

彼が池の周囲を回ると、死の池がぼんやりと青く浮かんだ。それは想像を絶する光景だった。ここへキワを来させることはあまりに惨いことだった。しかしそれを阻止するのはアカナイワムロノヒトヒにたてつくことだった。彼にもトリトビノウミヤマやカガミノカゼヒメラと同じ仕打ちが襲ってくる。しかし、ここで何も知らぬ少女を野垂れ死にさせることが出来るだろうか。アオミネヌレヒトヒは苦悩した。アララはこんな世界ではないはずだった。争いもいさかいもない世界のはずだった。それが目に見えぬ力によて、内部から崩れだしたのだ。何故なのか。何故アカナイワムロノヒトヒはアララを滅ぼそうとしているのか。今まで内地のひととうまく棲み分けしてきたではないか。ここは秘境であり、内地のひとたちはそれをわきまえていたし、護られていた。若いアオミネヌレヒトヒにはどうしても分からなかった。

トリトビノウミヤマとこわ高に話した日々が懐かしく思い出された。美しいカガミ池に浸かってカガミノカゼヒメラと戯れた日も思い出された。浮遊するだけの青い人アオミネヌレヒトヒには何の力もなかった。だからそのようにしてひと晩中池の周りを回ることしか出来なかった。ひと晩中、死の池の周りを青い光で照らし続けることがトリトビノウミヤマへのせめてもの追悼だった。

(ぼくはこれしか出来ないんだい。姐さんを助けることも出来ないんだい)そう呟きながらアオミネヌレヒトヒは池の周りを回り続けた。

やがて夜が明け始めた。東の方から生命の光、新しい陽の光が射し始めた。その光は死の池をも柔らかく優しく射し照らした。

アオミネヌレヒトヒは夢から覚めたように足を止めた。

「トリトビノウミヤマ、朝が来たぞ!」

そう言うと彼は朝日を全身に浴びて青々と輝いた。それはなんと美しく神々しい輝きだったろうか。死の池も青々と輝き、もはや血に汚れた色ではなく、まるでかつてのカガミ池のように命を帯びた色になった。

しかしそれは、死の色の上にアオミネヌレヒトヒの色が重なっているに過ぎなかった。

もし彼が永遠にここに留まるならば、カガミ池は永遠に見かけは美しくあるのだった。せめてキワがカガミ池に来て留まっている間だけは、そうしていたかった。そうすれば彼女はカガミ池の死を見ずにすむはずだった。

アオミネヌレヒトヒはそうしようと決心した。それが自分にできる唯一の仕事だった。それがトリトビノウミヤマの代わりにしてやれるキワへの思いやりだった。

21　地獄に墜ちた愚民ども

これまでアララ島には幾度となく視察団が訪れた。それらは主に地区施設を見学する福祉関係の団体だった。彼らは施設を視察すると、島内を観光するでもなく、そそくさと島を離れて行った。何故と言うに、アララ島は特別行政地区に指定されており、島への渡航はただひとつの目的しか許されなかったからだ。したがって、施設見学という目的で申請すると島内視察は出来ず、島内視察で申請すると施設見学は出来なかった。

島内視察もまた極めて厳しい規制があった。

まず、ただの物見遊山やハイキングは問題外であり視察目的も次の項目のいずれかに該当しなければならなかった。

1　学術調査をともなうもの（ただしアララ境界線以南は不可）
1　行政視察（ただしゲソ地区のみ）
1　管理自治体が認めた特別観光
（境界以南は地区監査役およびそれに類する者が同道監視する）

この規制はアララ島の自然保護がその第一目的であったが、歴史的にみて、内地が無制限にアララに関わることが差し控えられてきたことによる。しかし、この伝統も島開発の動きが見え隠れし始めると、反故《ほご》同然となっていったのだった。

副知事らの今回の視察は、こうした規制を表だって破る最初の挙行だった。

副知事、副知事秘書、開発事業部長、行政区管理部長、特別事業財務部長、それにトモ安以下の担当職員合わせて数十名がゲソ浦に降り立ったのだった。むろん若干の報道陣もそれに続いた。

県の堂々たるトップ連中が、離島の吹けば飛ぶような地区事務所に入ってくることすら奇観だったが、それを出迎える連中が、先ほどの醜態はどこ吹く風、整然と取り澄まして何事も無く客人と応接室に収まったのも奇観だった。

あたりさわりのない歓迎挨拶があり、あたりさわりのない近況報告があり、あたりさわりのない事務連絡が続いた。平静に、粛然とそれらは日常業務のように進んだ。あの、危惧された副知事からの手厳しい下問も無く、他の幹部職員からの実務プロとしての恐ろしい指摘もなかった。無気味であった。なにか大きな思惑が隠されているようにも思えた。島三役以下、職員たちはジリジリとしながらこの静寂に耐えていた。この神経戦のごとき、何事も無い、何も起きないことの深い恐怖が、実はその晩の歓迎宴においてメガトン級の爆発を引き起こすのである。

すなわち、料亭「浜喜久」での心温まる歓迎会はものの一時間ももたなかった。結論を先に言えば、その夜の宴席はこの世の欲地獄と化した。死者こそ出なかったが県関連の宴会史上まれにみる不祥事となった。以下簡潔に事態の推移を述べるが、あまりの下らなさに大幅なカットはまぬがれない。

（1）「宴会開始より一時間経過」報告

古座江の三元老ならびに島三役が副知事以下随行員らの酌《しゃく》回りを終えたころを見計らって、源白和尚が当夜の主賓副知事の前ににじり寄ってきた。源白和尚は不敵な笑いを浮かべ、その脂ぎった顔から酒臭い息を吐き出しながら、副知事の前にドッカとおおあぐらをかいた。

「こりゃ、善証寺の堂守りさんじゃないか」噂にたがわぬ酒豪の副知事は、青黒い顔に皮肉な微笑をたたえて、ひどく低い声で言った。

「堂守り？　こりゃご挨拶じゃな。まあええわ」源白和尚も大物ぶってか、副知事に酌をするでもなく、自前のどんぶり茶碗の酒をグビリと飲んだ。大柄な源白和尚と比べると、副知事は小柄で風采の上がらぬ男だったが、油断のない細い目と薄い唇、そしてベテランの実務屋らしい血管の浮いた手の甲など、まさに源白和尚と対照的な人物であった。

「ところで、和尚。あんたはなんでここにいる」源白和尚は目をむいてその言葉に驚いてみせた。副知事は無反応だった。ちびりと杯を嘗め、膳のものをつついた。

「こんたびの県の渡航視察たら、なにやらキナ臭い噂もあったりして、古座江の古き歴史を担ってきた拙僧としては、看過できぬ事態ではあるのですわ」

「いや、特に県としては何もない」

「さらには肝心の町長が、あんたがたを出迎えもせず、とんずらしてしまったれば、拙僧としては古座江を代表して、こうして歓迎しちょるわけだわ」

「なんで和尚が古座江の代表なのか」

「したに次期町長選に出馬しますきに」

「ああそうか」これも無関心そうに言ってから「ところで今の古座江町長はなんという男かね」と信じられないようなことを訊いた。

かりにもアララ島視察に来るからには、島の管理自治体の首長《くびちょう》の名くらい知っていそうなものだ。いや、知っていてとぼけているのか。出迎えもしない町長の名など覚えたくもないといったところか。

「奥浜牛麿ですわい」

「その牛が、どうして牛小屋から逃げたのかね」源白和尚は、ここでプツリと何かが切れるのを感じた。このとり済ました俗物めは、中央省庁のどこからか天下って、古座江のごとき田舎町に、まったく興味も関心もない。あるのはただ一点、当面は県が推進し、国の顔色をうかがいながら実現へともってゆくべき島開発プロジェクトのみである。その巨大な利権のみである。古座江町長など屁のつっぱりにもならない。ましてや田舎寺の坊主など小便の泡みたいなものである。そう源白和尚は副知事の腹を見た。そして次第に怒りの沈黙に身を沈めた。つまりハタから見ていると、副知事に酌をしにいった源白和尚が、副知事の前で酔っぱらって寝てしまっているようだった。しかし源白和尚は寝てなどいなかった。火山のマグマがゆっくりと火口へ上がって来るように、副知事への怒りがふつふつと湧いてきていたのだ。

やがて源白和尚はその太い腕を副知事の前に伸ばしたかと思うと、むんずとその胸倉を摑んで、ゆっくりと押し上げた。副知事の腰がわずかに地上から浮いた。そのとき間一髪、トモ安が事態の急変を察知し、泳ぐようにしてふたりのなかへ割って入った。

「これはこれは、何かの余興ですか」と言いながらトモ安は源白和尚を副知事からゆっくりと引き剝がした。

「ああトモ安かい。酌にきおったかいの」源白和尚はジロリと副知事を睨みつけるとトモ安の脇へ腰を落とした。いつの間にかムメ子もちゃっかりトモ安の後ろに来ていた。そしてトモ安を押しのけて副知事の前に出ると、満面の愛想笑いで酌しながら「夫がいつもお世話になりまして……」と挨拶した。

「副知事様、こんたびの視察ではうちのトモ安を同道頂いて、まあ、ほんとに感謝ですわ。トモ安が……」ムメ子が続けようとするのを源白和尚が割り込もうとした。それを肘を張って妨害すると、ムメ子はいちだんと声のトーンをあげて副知事に言った。

「この源白和尚が次期町長選に出るというのは、まあ、青天の霹靂《へきれき》ですわよ。もう神も仏も無いような暴挙で、仏に使えるとは名ばかりの俗僧ですきに、権力欲が衣《ころも》を着て酒かっ喰らっている有様ですわ。副知事様、この機会にどうぞお叱りくださいましな」

「いや、成人ならば立候補の権利は誰にでもある。そして落選当選も時の運だ。おおいに挑戦するとよいよ。しかし、残念ながら宗教に身を置く者が政治に関わるは、感心せんよ。坊さんはお経読んで庭掃除してりゃええ」ムメ子は得意満面で源白和尚を見た。

「こら副知事よ、おぬしゃ宗教法人にたてつくか!」再びトモ安が割って入った。

「和尚、善証寺さん。ここな宴席で宗教法人持ち出すのは、ちこと具合悪いですよ」そう言って源白和尚を席へ戻そうと腕を引いた。

「うにゃ、拙僧は退かぬ。宗教法人が政治権力に負けてシッポ巻いて逃げたでは、仏法がすたるわい。このアジの干物《ひもの》みたいな小男にみくびられたんでは、善証寺開山源空上人以来の法統に傷がつく」それを副知事は無視してトモ安に言った。

「主任さんや。ほかでもないが、明日は島のどのあたりまで足をのばす予定かの」

急な質問でやや慌てたトモ安が宴席を見渡すと、松蔵島太夫が目に入った。これ幸いと嫌がる源白和尚を無理と引きのかせ、おびえる松蔵島太夫と入れ替えた。トモ安は事務的に手帳を取り出した。

「よろしゅうございます。すでにご案内のように、この島は正確な測量すらおぼつかない忘れられた島ですから、あまり無理をいたしますと遭難の危険もありまして、さて、まずは島を一望できますマクラトリ峠まで行けば、だいたいの構想が浮かんでくるかと存じます。そこまでは朝たてば夕方までには帰れますです。とにかくこの松蔵島太夫に先導させますからご安心ください」

「ありゃ、それはちこと駄目ですわ。あいにく関口たら野暮用にて不在ですきに」

「峠までなら松蔵島太夫でよいだろう」

「ゲソ地区とアララとの境界を越えるには、関口ですわ。自分は渡航関係が主たる業務ですけに」

「峠までは地図があるじゃないか」

「ありゃ、偽の地図ですわ。関口がだいぶ校訂しましたがに、関口抜きで峠へ行くは集団自殺ですわ」松蔵島太夫はまったく取り合わなかった。

「しかし、あんたはこの島の生き字引でしょが」

「うにゃ、境界線からゲソ地区は生き字引じゃが、境界線から向こうは死に字引じゃわ」

「まあええじゃないか。せっかくだから、その枕草《まくらそう》が採れるとかいう峠から島全体を眺望して、将来あるべき島のビジョンを練ろうじゃないか」副知事が余裕を見せて言った。

「うにゃ、関口がいなきゃ視察団は森に取り込まれて雲散霧消ですわ」松蔵島太夫はがんとして説を曲げない。とうとう副知事もいらだちぎみに言った。

「だいたいこの男は何なんだね」

「は？　いえ、その島太夫という職にある者でして」

「何だい、そのシマ鯛とかいう者は」トモ安はびっしょり汗をかいていた。

「古座江の白神大社別宮の神官の下働きに神人《じにん》という者がおりまして、日頃はただの雑役《ざつえき》人なんですが、ここアララ島に関します限り、渡航許可の実務をいたしております。したがいまして神人と申しましても、単に神社の下働きではなく、古来より太夫職を世襲しておりますのです。したがいましてアララ島ゲソ地区の地区長が特別行政区の長であり、白神大社別宮の飛び境内地であるアララ島の神域主祭師が島太夫であります」

「なにを面倒なことを言っているのかね。この島に誰がいつ来ようと自由じゃないか。何だいその渡航権とは」

「ほほ、副様。そこなんですよ」ムメ子が体を斜に構えてすり寄った。

「うちのトモ安の苦労たら、そこなんですよ。この寝ぼけ顔の爺さんが、島太夫職をかさにきて、渡航権をば振り回し、利権を独占しております関係上、うちのトモ安たら町と県との板挟みで、にっちもさっちもいかないんです」ムメ子のすり寄りで、副知事はふと宴席を見渡した。

「こん席は、何か色気がないようだが」トモ安はまた慌てた。さっと席をたつと、こけつまろびつして実父の網勢の席に飛び込んだ。

「芸者はどうしたん！」

「あ、そいたら心配なあ。なま芸者をば荒縄でひっくくって第三便に放り込むてはずじゃ」第三便なら宴会に間に合うはずである。トモ安はいてもたってもいられない。

「なまは、いったいいつ来るんかい」

「さぁて、おい地区長やい。シャワピチ芸者はどうなっとるんかい」地区長はチラッと腕時計を見た。

「第三便は遅れるちゅうことだわ。八時にゃ来ようが」

「八時だと？　そりゃどうにもならんわ」

「なぁに、今すぐ臨時芸者が来るきに心配なぁ」

「臨時電車だと？」

「なに、地区の娘たら嫁たら、臨時に芸者になって、お偉いさんにすり寄るですき、心配なぁわ。組合長の坊っちゃんよう」

言うが早いか、地区長のかしわ手を合図に、昆布にウドン粉を塗ったくったような土地の臨時芸者がドッとなだれ込んできた。

（2）　「宴会開始より二時間経過」報告

臨時芸者の登場で、宴会はともかくも険悪なムードから解き放たれ、宴会らしく座が乱れ始めた。しかし、肝心の副知事はこの臨時電車には乗る気はないらしく、ひどく仏頂面《ぶっちょうづら》をして杯を受けていた。そこにムメ子と徳斎翁が目をつけて副知事の両脇をがっちりと固めた。たしかに昆布ウドンの臨時芸者よりは、ムメ子の妙に垢ぬけた、むっちりとした色気の方が中央から赴任してきた副知事にはお好みらしかった。また徳斎翁は、県の財界とも通じていたから、副知事としても話し相手にはなる。

「県の開発プロジェクト概要を見ますに、なかなか巧妙な仕掛けがありますな」

「きみ、そりゃ早とちりだよ。概要なんてものは業者を篩《ふるい》にかけるだけのものだ。つまるところこれからいくらでも練り直せるってもんだ。きみだって、もしもの時は県とのリンクだ」副知事は手酌でぐびぐびやる。副知事は徳斎翁が町長選に出ると踏んでいる。

「ほほ、副様。こちらの徳斎御殿はなかなかリンクは難しいんですのよ。牛麿町長とは永い確執で、裁判にもなろうという騒ぎですきに」

「何をもめてるんだね」徳斎翁は大げさに手を振って否定した。

「はは、何を言い出すかと思えば、他愛もない小競り合いを、町長が選挙がらみの脅しで、この徳斎を排除する道具にしているだけですよ」副知事は不快そうに言った。

「つまらん話であまりぎくしゃくするなよ。この鏑木君は商工会にも金融にも顔が利くし、そんなこんなでリンクしやすいと、ただのわしの独り言だわ」

ムメ子がぐらりと副知事にしなだれかかった。酔ってのことか計算ずくかは計りかねたが、副知事はグビリと喉を鳴らした。

「いや、あんたんとこの主任も、ようやっておるよ」徳斎翁が薄笑いを浮かべて言った。

「はは、トモ安はまだ駆け出しですよ。こんムメ子が出張ってこにゃ、なかなか走りませんわ。網勢の倅というだけじゃ、県には通じませんよ」これにムメ子がキッとなった。

「御殿《ごてん》様、そこんとこはちょいと違いますわよ。うちのトモ安たら、ゆくゆくは中央へ押し出して行く気概ですに、まずは県で丁稚奉公ですわ。砂噛むようにオベンチャラして、地を這うように忍従ですわよ。それが、あたしなんぞ、ただの内助ですからそこんとこ間違わんとおいてくださいよ」酒よりもムメ子の色気にやや酩酊した副知事が言った。

「それじゃあ奥さん、しっかりもんのあんたが出馬せいよ、わしが面倒見ように」

このひと言でムメ子は弾かれたように体を起こした。そして目をカッと開いた。

「はは、ご冗談を」徳斎翁は一笑にふした。だがムメ子は目覚めてしまった。

「まあ、その手があったんだわ！　副様の先ほどのご訓戒、誰が立候補してもええ、と。あれだわよ。トモ安みたいな湯上りぼけたら、いくら尻たたいても走らん駄馬だわよ。いつぞやもおお法螺《ぼら》吹いて、おれは県知事風情で満足する男じゃなぁっていっとりましたよ。おれは国政だと」

「県知事風情だと！」知事の前にまだ副がつく副様が坐ったまま跳ね上がった。

「このわたしをば、まず県知事夫人にしてくれると。それがためには島に大空港を展開し、その返す刀で国政へ！　ですわよ」怒りで青ざめた副知事がゆっくりと立ちあがった。

そして向かいの席で臨時芸者と何やら悪ふざけをしているトモ安のところへ、音も無く近づいて行った。あたりまえだが、ムメ子が真っ先にトモ安の危機を察知した。

「あんたぁ、逃げいよ！」とムメ子が叫んだ時には遅かった。副知事は大喝一声、「馬鹿もんが！　この身の程知らずが、そこへ直れ！」とトモ安の頭をどやしつけた。何が何だか訳のわからぬトモ安は反射的に頭を抱えて畳にひれ伏した。

「こんわしが、まだ副知事の座に甘んじているというに、お前は、主任の分際でお前は……」ここまで言うと副知事は急に黙ってしまった。ほんの一瞬、このトモ安の女房を町長選に出馬させるという軽口を思い出したのだ。トモ安をはたいている場合ではない。副知事の支援で、県庁のたかが主任の女房が町長選に出るという噂が立っては命とりである。幸い会場は宴たけなわで副知事がトモ安をはたいた場面などまったく気づきもしない。そろりと副知事は自席に戻った。

「副様たら、このわたしの冗談を本気になさって、肝をつぶしましたわ」副知事はワッハッハと豪傑笑いでごまかして、ムメ子の酌を受けた。

「座興だよ、息抜きだよ」しめた、とムメ子は思った。本気でトモ安を責めないならば、ムメ子自身の出馬の話はまだ生きているわけだ。腕によりをかけておだてねば、とムメ子は身構えた。そこへ徳斎翁がしつこく副知事席へ寄って来た。

「はは、それにしても空港建設などと、おお法螺吹きがいるもんですな」ムメ子との話をちゃんと聞いていたのだ。むろん副知事の軽口もである。

「まあ君、そうハナから法螺話と決めつけんでもいいじゃないか。空港建設はひとつのオトリだよ。この島ほど開発に不向きな島はない。環境保護の視点からも無茶できんわ。だからこそ空港建設ちゅう環境破壊の法螺話を呼び水にするんだわ。わかるかね、どんな開発だって空港建設よりましだ、となるだろ」

「やっぱりそうでしたの。あたしは、今までこの島に目をつけなかった県の方針にはがゆい思いをしてましたんよ。あたしが町長になった暁には副様の片腕となって……」

「いや、わしは誰でも立候補できると言ったまでだ。そこまでだ」

このひと言がムメ子に冷水を浴びせたことは言うまでもない。彼女は、「酒の上の話」と片づけようとする副知事に激しい敵意を抱いた。弱者には弱者の意地があったのである。

（3）　「宴会開始より三時間経過」報告

副知事とムメ子との暗黙の駆け引きのさなか、待ちに待った内地のナマ芸者たちがドッと宴席になだれこんできた。ほとんど出来上がっていた連中は言うに及ばず、酌ばかりさせられて生殺し状態にあえいでいた軽輩たちにも一気に火がついた。したがって、この流れで行けば当然目を覆うばかりの乱痴気騒ぎになるはずだったが、いかんせん、主賓の副知事は酒が強すぎた。主賓をさしおいて芸者衆と騒ぐわけにはいかない関係者一同は、副知事が酔いつぶれるのを今か今かと横眼づかいに待ちわびていた。しかし当人は芸者にどんなオベンチャラを言われようと、いよいよ青ざめるばかりで黙然と飲んでいた。宴会慣れした大物政治家の風格さえあった。しかし、それがかえっていけなかった。酔いつぶれたい、爆発したい、旅の恥をかき捨てたい、という随行軽輩の者たちの半煮えの不満が、委細承知しないナマ芸者たちの過剰な接待に煽《あお》りに煽られ、一揆はもうそこまで来ていたのだった。何かしらの、ちょっとしたきっかけさえあれば、従順な随行員も、へっぴり腰の島関係者も、その固い殻を破ってあっという間に暴徒と化すはずだった。

起爆は意外なところから発した。臨時芸者とナマ芸者とがつかみ合いの喧嘩を始めたのである。それをトモ安が止めに入ったのだが、その勇気ある行動はムメ子が徳斎翁との話が途切れて、何事の騒ぎかと振り向いた時と同時だった。ムメ子には、あたかも酔ったトモ安が酔った勢いで破廉恥にも、芸者衆の群れに挑みかかったかのように見えた。ムメ子は何やら金切声を発して、トモ安と揉みあいをしている臨時およびナマ芸者衆の群れに飛び込んだ。とても女子大出のシティ派女性とは思えぬ蛮行だった。そこへ、一揆の暴徒と化した不満分子らが我を忘れてなだれこんだ。なぜかみな手にした銚子を頭上に振り回していた。その乱闘は、船中のときよりも、島太夫宿舎のときよりも遥かに大規模で破廉恥なものとなった。そんななか、泰然自若とひとり盃を傾けていた副知事が、頃も好しとばかりに大喝一声、騒ぎを収めんとした。しかし時すでに遅かったか、その副知事の怒号が火に油を注いだ。副知事はさすがに慌てて立ち上がった。みずから身を挺して止めようというのだった。とその時身の毛もよだつような不気味な音が足元から続けざまに起こった。むろん、そのミシリという音は誰の耳にも入らなかった。そして今まさに副知事が芸者衆によって羽交い絞めされそうになったとき、料亭「浜喜久」二階大宴会場の床《ゆか》が抜けて、轟音とともにこれらすべての愚か者たちが階下へとなだれ落ちたのだった。

浜喜久は名前こそ料亭だったが、そこは島の郷土料理屋に過ぎず、安普請のうえに古い家屋でもあった。さらにかくも多くの人間が乱舞するなど夢にも思わぬ造作だった。階下に落ちたとはいえ、そこはたまたま調理場だったから、みな全身食い物カスと酒と汁と油と畳や床板のホコリに泥まみれになって、さながら欲地獄に墜ちた亡者たちに見えた。

さらには、なだれ落ちた亡者たちと調理場の板前、仲居、階下で飲んでいた漁師たちとが、さらに激しい乱闘を始めたから、さすがに前代未聞の不祥事となった。だが、幸い報道陣は宴会場にまで来ていなかったし何かの力が働いて、この「浜喜久の騒乱」は県によって黙殺された。が、実は県によって黙殺されたのはこれのみにとどまらなかった。

22　ファムリアの秘密

副知事歓迎をボイコットした牛麿は、その足で地区事務所員に希和失踪の状況並びに捜索隊の現況を聞き出すと、すぐさま島で唯一のスーパーである農具小屋へ急いだ。シモノクロヒトヒに会うことが第一だと判断したからだった。それは行政にたずさわる者の独特の勘だともいえた。いわゆる賊、賊を知るである。

島では、希和が失踪したとして騒いでいるが、牛麿にとってそれは想定内のことだった。島の管理者たちの余りの杜撰《ずさん》さにあきれて思わず声を荒げたが、希和本人はいたって気まぐれでこの島に来たのだから、ただ好奇心にかられて島内を探検するのは何も不思議なことではない。しかし、ここはただの島ではない。内地の人間が案内人もなくうろつくことは、元来危険である。したがって、牛麿は当然に希和には島の監視人が付くと勝手に考えていた。希和が単独で行動することは想定外なのであった。

妻の沙都が、娘を島にやるよう牛麿に勧めたとき、彼は既にこの事態を予測してはいた。本来ならば母親が同行すべきであった。しかし沙都は、娘はひとりで行くべきだと考えていた。ひとりであることが大切なのだった。だから地区事務所にも娘の保護を重々頼んでおいた。だが、それが甘い見通しだったこと、またこの島が予想外に特殊な風土だったこと、その風土が島民の脳中枢を支配していることを、牛麿は痛感させられたのだった。ほんの隣町の親戚にでも行くように気軽に出かけて行った希和の身支度も、軽すぎるものだった。妻が、何故にそこを気にかけなかったか不思議でもあった。

不思議といえば、希和が島へ渡る前夜に、自分が希和の枕元で口走った「おまえは嫁に行くんだな」という言葉も不思議だった。それは希和の期待に輝く目を見たとき、無意識に出た言葉だった。年端《としは》もゆかぬ少女が、いったいいつどこへ嫁に行くというのか。

牛麿は、農具小屋への道を歩きながら次第に軽い恐怖に包まれ始めた。

古座江の旧家の娘沙都と、貰い子の希和と、そしてこのアララ島とが見えぬ線で結ばれているのは明らかだった。そして、その目に見えぬ線を今、自分こそがたどり始めているのだ。農具小屋はすぐにそれと分かった。

プレハブではあるが一応はスーパーらしき店構えだった。しかし、店はどうやら休みであるらしかった。スーパーに定休日があるのは奇異だが、店内の明かりは落とされていて中にひとの気配がなかった。ふと見ると、入り口のガラスドアに張り紙がしてあった。

「　臨時休業のお知らせ

平素は大変ご愛顧頂いております。

さて、お客様にはすでにご案内のように、本日より内地から県副知事様始め古座江町長様ほか視察団ご一行様来島につき、島民の皆様には関係者を除き向こう一週間の外出禁止令が出ております。つきましては誠に勝手ながら期間中の臨時休業を致したく存じますので、ご不自由ながらこの段よろしくお願い致します。なお、禁足解除の暁には県副知事来島記念大感謝セールを開催致しますのでふるってご来店下さいますようご案内申し上げます。

皆様のファムリア　店長急白　」

外出禁止令とは驚きだった。視察団に対して島民こぞって歓迎に出るならまだしも、禁足とは解せない処置だった。

ためしにドアを押すと簡単に開いたので、牛麿はかまわず薄暗い店内に入った。ファミリアという有名店の名を勝手にもじって、おそらく農場（ファーム）用品と家庭（ファミリー）用品を合成したのだろうが、店内の雰囲気は何故かうそ寒いものがあった。商品配置にまったく生活感がなく、買い物客で賑わう情景が思い浮かばない。それは商品カタログの単なる羅列と変わりなかった。店内は空調も落とされていて蒸し暑かった。

「騙し絵」というものがある。まるでそこに実物が有るかのように描かれ、思わず手を出すとただの絵である。牛麿はその騙し絵に触れたと直感した。

奥の方で人声がして、足音を忍ばせて行くと「事務所　関係者以外ご遠慮下さい」と書かれたドアがあり、その中から人声がするのだった。それもただの人声ではない。明らかにドンチャン騒ぎだった。牛麿は大きな音をたててそのドアを蹴破った。

中は事務所とは名ばかりの、ただの店員休憩所であった。デコラのテーブルに女ひとりと数名の男が、酒と食い物にまみれて酩酊していた。彼らは牛麿の出現が理解出来ずにポカンとしていた。女がまず立ち上がった。

「はぁて、なんでしょう？」

「ここで何をしてるんかね、きみたち」

「見ての通り、今日は臨時休業ですよってから、お客さん、ここな皆してハメはずしての真っ最中ですよぉ」

「責任者は？」

「店長さんはおりまっせん。シモノクロヒトヒさんたら、居たり居なかったりのひとですが、今日は絶対に居ませんのだわ。何故かというに、今日は禁足で、店長さんたらお屋敷で秋の取り入れ準備しておりますよ」

「それは分かった。で、休業日に乱痴気騒ぎするのはこの店のモットーなのかね」

女はキッキッと笑った。男たちも歯茎をむき出して下品に笑った。

「やだ、内地のひとたらすぐに、島に偏見してからに、こうだわ」と女は言って、牛磨にコップを持たせるとなみなみと酒をついだ。

「さてに、視察のひとだわよ。はぐれてここへ来たんだわ」

「いや、はぐれたんではないよ。シモノクロヒトヒに会いに来た」と言うと、ひとりの青年がふらふらと立ち上がった。

「こらぁ、うちの店長さんを呼び捨てするんは良くないよ。内地のひとたらシモノクロヒトヒ様の偉さも知らんと、ハワイにでも来たような気軽さで……そのなんか……島の元締めの名を知った風に……」あとはろれつが回らなかった。するともうひとりの青年がからんできた。

「ここで酒飲んでるはサークルだわ。店長さんとはじきじきに口きけるサークルだわ。したに、あんたのような内地の客人は、いきなりに店長さんに会えはしいないのだわ」

「見たところ、きみたちは地区事務所の職員だね」

「ああよ、事務所職員たら視察団歓迎で駆りだされておるがい、これらサークルは古座江の希和姫の捜索特命で、さんざんにくたびれて、休息中だわ」牛磨は、さてはこの男が関口施設係かと、思わず手を取った。

「こりゃ驚いた。きみが関口君か」関口はその手を迷惑そうに振りほどいて、ドッと椅子に坐った。捜索の疲労と小額手当の不満と希和未発見の不安とが、関口の身心を押し潰していた。そこへアルコールが浸透して、黴《かび》た古漬けのような状態であった。

「へっだ。なにが関口君だ、馴れ馴れしい。わたしはれっきとした特命捜索員ですわ。弁当代と称して、子供の小遣程度の片金玉を握らせて、やいのやいのと野に放ち、豚のごとくに這い回り、泥んこまみれになりつつもだ、希和姫には、この施設係の立場を越えて真実心配もし、また千里の山河を踏破して探し出さんと、物狂おしくいるものを、へっだ。関口君か、だと。それじゃまるでひとごとだい。涼しい顔して話しかけるな」

「もっともだ。ひらに謝る。で、娘の行くえは？」

「けっだ。希和姫は大丈夫だ。この島は希和姫に何もしないんだから」牛麿が、人の気配を感じて振り向くと、そこに長身の浅黒い紳士、シモノクロヒトヒが立っていた。女も青年たちも急にコソコソと隅へ寄った。

「関口では駄目だ。アララではないですからな。町長さん、ここはこれくらいにして、店長室へ来られよ」シモノクロヒトヒは、古井戸から立ちあがるような冷たい声で言った。牛麿は軽く会釈すると、促されて店長室へ入った。

そこは事務所よりさらに殺風景な倉庫の一角だった。スチールデスクとパソコンのほか、書類など一枚もなかった。倉庫の商品棚とて空っぽだった。

「内地のほうはどうですか。県も町もお偉方こぞってお出ましなのに、失礼しておりますよ。ご覧の通り、島ではかつかつの生活で、何もありません」

「店長さん、さっそくだが、あなたは娘の消息を何かご存じなのでは？」

「つい先日でしたか、希和さんが拙宅へお出ましになりました。大変ご機嫌で、大きな目を見開いて隈《くま》なく見物してゆかれました」

「それで？」

「なに、わたしも農作業がありましたから、先に失礼して、ゆっくりして頂くよう申しておきました」

「では、あなたはその後の希和の行えを知らんとおっしゃる」

「まあ、ゆるりとしましょう。この島は何も危険はないです。アララびとは気性穏やかにして泰然自若、ひとも動物もゆっくり暮らしておりますよ。さいわい白神大社様の氏子として神威のご恩寵に浴して、例大祭には子供らも島太夫さんからお菓子など頂き、喜んでおります」

「それはよく分かりました。しかしこの島で娘の行えが分からないのは事実です。単身小娘ひとり、いくらなんでも心配です」

「そういえば娘さんは首から地図をぶら下げておりましたな。大丈夫でしょう」

「しかし店長さん。地区事務所では娘を行方不明者と認定して、捜索隊を出しているではないですか」

「あれは茶番です。関口さんの小遣いかせぎでしょう。その証拠にああして酒をくらって遊んでます」

「内地はもとよりゲソの人間もアララ島の奥へは行ってないというじゃないですか」

「ええ昔からの因習で、ゲソとアララは棲み分けております。しかし現代にあっては別にアララへ踏み込んだからといって、何かにたたられる訳でもないでしょう」

「ではこれから、わたしがアララの奥へ入ってもよろしいのですな」

「もちろんですよ。だいいち、あなたはこの島の管理責任者じゃありませんか。そうはいっても、正直なところ奥へは案内無しでは少々苦戦でしょう」牛麿はこの男のとぼけように腹が立った。

「だったらなおさら、娘ひとりで行かせるなど無責任だ」

「いや、娘さんには多分、誰か現地の者が付いておりますよ」

「確かかね」

「娘さんに限っては、そのように運ばれるのです」

「誰かと言ったって、名前の特定は出来んのかね」

「いろいろですよ。それぞれのアララびとが自然に分担するでしょう。地域ごとにそれぞれのアララびとが住んでいますが、みな一緒です。同じことです」牛麿は何のことか理解できなかったが、ともかくシモノクロヒトヒを担ぎ出さねばと思った。

「奥地へはあなたが案内してくれますな」

「ええ、いいですよ。ただ、副知事一行からも案内の要請が来ていますから、彼らが合流する明日ということにしましょう」

「連中は何処までの案内を要請したのかね」

「マクラトリ峠までです。往復でまる一日がかりです」

「ひどく遠いんだな」

「峠から島全体が見渡せるのです。視察団の方たちも初めてですから」

「視察団が、島開発の下見に来ていることは、むろん知っているね」

「わたしには関係ないことです。行政はあなたがたの仕事でしょう」

「そんなに割り切らんでもいいじゃないか」シモノクロヒトヒはまた薄く笑った。顔のひきつれが怪異さを漂わせた。

「今夜は民宿を用意しましょう。奥浜の沙都様から頼まれておりましたから」

「何だって？」牛麿は、この紳士から妻の名が出たことに心底驚いた。「きみは妻を知っているのか」シモノクロヒトヒは何事も無かったようにうなずいた。

「ええ、わたしどもの先祖は奥浜から出ているのです。正しくは奥天《オクアマ》ですが」

23　希和　カガミ池に死す

かつてこれほどまでに美しくかつ人工的な朝を、希和は見たことがない。あたりはコバルトブルーに明け染め、海からの輝きもまた、夜の都会を染めるネオンの様であった。朝と夜とが混ざったその奇異さはしかし、余りに自然に、爽やかに、肌と目と鼻孔とを甘味な陶酔に誘うのだった。マクラトリノタロの小屋から海岸に出て見た、あの雄大な岬の朝と、なんと違う美しさだったろう。その原因はすぐに知れた。カガミ池が青々と輝き、島のすべての大気をも染めつくしているのだった。

マクラトリ峠から夢遊病者のようにしてたどり着いたこの地こそ、カガミ池に違いなかった。しかし池と、池を巡るすべての風景にはコソとの動きも無かった。希和は深い疲労感に囚われた。自分が今、真実孤独であることの疲労だった。なにか得体のしれない呼びかけに誘われて、好奇心のままにここまで来たのだったが、希和は初めて不安と恐れに身を震わせていた。

そのとき、池の水面が微かに皺より、そこを中心として周辺の景色はスーッと渦巻く様に見えた、希和はとっさにしゃがみ込んだ。

青いひとが水面を静かに漂っていた。物思いにふけり、ときおり目を光らせ、青い髪の毛は頬に柔らかくまとわりつき、それは絹のスカーフにも見えた。

青いひとは始め、希和に気づいていないようだった。遠い追憶にもてあそばれるようにして、ただ漂っていたのだ。

「ね、あなたは誰?」希和は思い切って訊ねてみた。青いひとは黙っていた。

「ね、あなたは誰やの!」その声で、ようやく彼は希和を見た。その目はなんと悲しげに澄んだ深さだったろうか。

「アオミネヌレヒトヒ……」

希和が池に向かって歩み寄ろうとすると、アオミネヌレヒトヒは手で制した。

「危ないから、遠のいておいで」

「ここがカガミ池ですの」アオミネヌレヒトヒはうなずいた。

「そやったら、アカナイワムロノヒトヒのいるとこへは、どう行ったらよろしいの」

「………」希和は喉の渇きを覚えて、制止にかまわず池のほとりにしゃがんで水を飲もうとした。しかし何度掬っても、水は手のひらに無かった。

「水は飲まずに、今すぐ引き返しなさい。この池はもはやアララの領域なのだから、あなたは何も考えることは出来ないし、考えたこともまた実現しない」希和は、目の前の青いひとのしゃべる声が、聞きなれた声であることに気づいた。（このひと、シモノクロヒトヒ、タチイデノスグレやわ。ああまた、ひつっこいおせっかい。このアオミネヌレヒトヒは偽者！）そう思うと、希和はすっくと立ち上がって意味のない叫び声を発した。

と、その瞬間、池も木立も草も土も一斉に哄笑のルツボと化した。池も木立も草も土も身を震わせて笑い狂った。そしてその笑いがさざ波のように引いていったとき、タチイデノスグレがアオミネヌレヒトヒを逆さ吊りに手にして立ちはだかっていた。

逆さ吊りのアオミネヌレヒトヒは言った。

「ぼくは、トトリコ渓谷をササラサ川の流れに身を任せ漂うばかりの魂だったたい。

でも心ならずも今ははや、トリトビノウミヤマの死とカガミノカゼヒメラの失墜によって、この男、アカナイワムロノヒトヒの忠実な執政官にして気高い貴族にして、アララの偉大なる守護タチイデノスグレに囚われ、ぼくはキワの終焉を見届ける身にはなったんだい。ああこのような終末は、歓喜と悲哀のアララの祭りに、ゆくりなくもふさわしいものになったんだい」言い終わるやいなや、タチイデノスグレはアオミネヌレヒトヒを地面に叩きつけ、両足で以って踏み潰した。ペシャッと水風船の破れるような音がして、周囲の青さは一瞬にして消え、たちどころに池とその風景は灰色一色の死の世界と化した。希和は恐怖で氷のようにすくんだ。

「怖がらずともよいよ。死は安楽と休息とさらには再生の始まりだからな」

タチイデノスグレは希和を抱き寄せると、ふわりと持ち上げてそのまま地べたへ坐り込んだ。死の池が目の前にあった。

「怖がらなくともよいよ。この池はアララの死ではないからね。今おまえが見ているのは安っぽい田舎芝居の書き割りなのだ。そう、あたかも廃絶された腐敗の色、あたかも投棄された腐敗の臭い、これらはアララへの入り口の正しい装飾ではあるのだ。何故か。肉体として滅びることが要請されているからだ。いいかね、若く美しい命の力あるものは、アララへは入《はい》れない。この池は、あなたがたには単なる嫌悪に過ぎない。命は嫌悪によって身を護るからだ。嫌悪を棄てなさい。嫌悪を棄ててわたしとともにアララへ入るのだ」

希和は疑いを起こしていたからこそ、タチイデノスグレの言うことを黙って聞いていた。希和の疑いとはむろん、アカナイワムロノヒトヒの残忍なやり口へのそれだった。タチイデノスグレはアカナイワムロノヒトヒの化身に過ぎない。だが、タチイデノスグレはアカナイワムロノヒトヒその人ではない。希和が会いたいとずっと願ってきたひととは、いったいこんなひとたちの首領なのだろうか。

タチイデノスグレは優しく希和の髪を撫でながら言った。

「どうやらわたしを疑っているな。さらにはアカナイワムロノヒトヒを。無理もない。しかし、おまえの疑いとは、おまえがこのカガミ池を死の池と見ていることと同じくらい間違っていることだ。アララには生死はない」

難しいことを言う、と希和は思った。トリトビノウミヤマ、マクラトリノタロ、カガミノカゼヒメラ、アオミネヌレヒトヒ。みんなみんなアカナイワムロノヒトヒの化身に思えてきた。

「もうじきおまえの父さんが、おまえを迎えにやって来るよ」

「え？　ほんま」

「牛麿は、どうやらいろんなことに気づいたらしいな」

「いろんなこと……」

「おまえは知らなくともよいよ。おまえはおまえの両親を知らない。その前の両親も、もっともっと前の両親も。だがね、すべての両親の血がおまえの体の中にちゃんと流れてるだろ？　だから知るということは大したことじゃない。ついでだから言おう。古座江の奥浜の家はアララから見れば、アララメオクノ・オオアマオシノ式王の分流さ。アララメオクの流れが奥浜沙都。オオアマオシの流れがおまえの生みの親さ。今のアカナイワムロノヒトヒはアララメオクの流れ。オオアマオシを得て初めてアララメオクノオオアマオシノ式王の本流になるのさ」希和は首をかしげた。

「なんだかややこしいわ」タチイデノスグレは愉快そうに笑った。

「まったく、まったくだ。家系だの流れだのとはなんとも古臭いことだ。また、そんなことにこだわるアララは今いないな。しかしこれだけは確かだ。アララは終末の祭りに向かって抑えがたく動きだし、固有の時空へと消滅しようとしている。これは真実避けがたいのだ。時あたかもよし、時あたかもよしだよ、オオアマオシノキワタチノヒメラ！　通称キワタチノヒメラ！」あれ？　希和は妙な名に入れ替えられた。

「キワタチノヒメラ！」と希和もおどけて叫んだ。

「よし！　この池を抜けてササラサ川をさかのぼり、トトリコ渓谷を思うさま泳ぎ切り、コチサミダレの滝口ではそう名乗れ！」

タチイデノスグレは希和を離すと池のどす黒い水を手に掬って希和に飲ませようとした。

「汚い！」

「ニガヨモギとセンブリとドクダミの煮汁と思えばよい」そう言うとタチイデノスグレは力ずくで希和に死の池の水を飲ませた。

希和が倒れると、タチイデノスグレはしばらく希和をじっと見守っていたが、意を決したように物凄い勢いでササラサ川の方へ駆け下りていった。

希和が正気に戻ったのは日も暮れようとしている頃だった。身は空気のように軽く、心は晴れ晴れとして快適だった。クスクスと笑いが込み上げ、それがやがて歓喜に変わった。どうしたことか、お酒でも飲んだようにすべてが幸福だった。皮膚も筋肉も神経も生き生きとして笑った。そのくせ心の何処かで重い疲労もあったのだが、希和は意に介さなかった。

カガミ池がキラキラと輝いていた。その池の真ん中にカガミノカゼヒメラとおぼしき女がいて希和を手招いていた。幻覚だろうか。さっき飲まされたのはニガヨモギとセンブリとドクダミなんかじゃない。しかし希和は自分がなんだかオオアマオシノキワタチノヒメラとして生まれ変わるような気がし始めていた。それは恐ろしい事に違いなかった。希和はあくまで希和なのだから、なにやら長たらしい名前の人間に変わってしまうというのは、恐ろしいことに違いない。

希和はゆっくりと池の方へ近づいて行った。どうあらがおうと、池はあくまで澄み渡り魅惑的に見えた。このまま池に入って行けば溺れ死ぬと分かっていながら、希和はまるで祭壇に進む花嫁のように静々と池の中へ入っていった。

希和は彼女が望んだようにアララの奥へと進んだが、肉体は屍としてカガミ池に浮かんでいた。

24　見よ　旅人よ

「浜喜久の騒乱」の翌朝、怪我人の把握や破損家屋の状況等を地区事務所で処置することとして、予定通り視察可能な人員を選ぶべく、松蔵島太夫が大車輪で走り回ったが、結局は騒乱以前のメンバーを大幅削減して、副知事、トモ安、ムメ子、源白和尚、徳斎翁の五名と事務所員若干とし、旅館玄関前に集合した。

「事務所員若干は誰にしますかいの」と松蔵島太夫はトモ安に訊いた。

「あんたでええよ」

「いやぁそりゃ按配悪いですわ。このわたしは事務所員じゃないですわ。したに、わたしが皆さんを歓迎するはめになったは、ただに白神大社別宮乙吉島太夫頭直属の身ですからに、視察団に加わるは越権ですわ」

「なにもそこまで厳密でなくともよいよ」

「いやぁ案内人たら関口をおいては他におりませんから、そうしてくださいよ」

「関口は単なる施設係じゃないか」

「と同時にこの島の唯一の公認調査員でもありますから、プライドも考慮くださらんと」

「では調査員以外の何かもっともらしい臨時の肩書を考えたまえ」

「それでしたら県の方で任命くださいよ」頭や手に包帯を巻いた副知事が、すっくと席を立って、やや重々しい口調で言った。

「関口施設係を、県環境問題調査ボランティア員に任ずる」松蔵島太夫は喜んで、さっそく関口に電話した。

「喜べ、たった今、君は副知事閣下から県環境問題調査ボランティア員に任命されたぞ」

（はぁ？　なんですか、その何とかボランティア員たら）

「今から視察団一行をマクラトリ峠までご案内する栄誉を、授けられたわけだわ」

（ご案内はいいですけど、ボランティアは無給ということですきに、ボランティアは外して下さいよ）松蔵島太夫は、その旨トモ安に伝え、副知事から特別に時給一〇〇〇円、弁当付きの許可を得た。しかし関口はまだ渋った。

（したに、わたしどもは既に希和姫捜索隊を結成して、鋭意捜索に従事しておりましたが、禁足令発令で昨晩解散式をしましてからに、二日酔いで頭も重いですわ）それで時給が一五〇〇円となった。しかし関口は二日酔いである。ゴネが止まらなかった。

（それにしても待遇が問題ですわ。是非ともこの際ですからに、施設係の給料をば再考願えませんかの）トモ安がじれて松蔵島太夫の電話をひったくった。

「君、たいがいにしたまえよ。副知事閣下がお待ちになっておるんだよ。さっさと支度して出向きたまえ」そこでプツリと相手の通話が切れた。松蔵島太夫は慌てて言った。

「問題はないですよ。関口はああですが、皆さんには無断でもうひとりの男をば案内人に要請しておりましたからに」

「誰だね、それは」と副知事が用心深く訊いた。

「シモノクロヒトヒという島の古い住人ですわ。ゲソ地区では農業やら売店やら手広く事業しておりますよ」

「どうでもよいが、何でそんなチンケなあだ名がついているのかね」

「いや、あだ名ではありませんよ。アララびとはみな古来からの名を名乗るんですわ」副知事は興味なさそうにして、事務所員ではない案内人の手当などトモ安と相談していると、ともかくも出かけましょう！　とムメ子が大号令をかけたので、一同シモノクロヒトヒのいるファムリアまで歩きだした。残留の乙吉島太夫頭、網勢は傷深く診療所で加療、おしな婆は島民票調査のためいったん島太夫宿舎へ移った。

視察団は絆創膏や包帯も痛々しい敗残兵の行軍の様であったが、やがてファムリアに到着した一行は、牛麿町長とシモノクロヒトヒの出迎えを受け、ひとまずは安堵した。

互いに型どおりの挨拶と紹介があった。副知事は、代々アララ島に住むアララびとといわれる人間に初めて会い、その堂々たる風格に少なからず意表を突かれたようだった。

「いや、ご苦労さま。実測調査も不充分なこの島で、長年の不如意な生活、まことにご苦労だわ。こん視察が終わって、県への報告書をまとめるに当たって、遺漏があってはならんからね、ひとつ、じっくりとこん島の実情をばお聞かせ願いたい」

「そのお怪我は？」シモノクロヒトヒは怪訝そうに訊いたが、昨夜のうちに細大漏らさず情報は受けていた。副知事が言い淀んだので、シモノクロヒトヒは無造作に歩き出した。

副知事は島の地図を見ながら、時おり質問などしていたが、あまりこちらの真意が通じないことに不安を覚え始めた。いやしくも県庁じきじきの視察である。現地関係者としてはもう少し協力的であっていいではないか。

「正直なところ、県としては余りに長くこの島を放置していた。それはそれなりに事情もあってのことだが、この時代、環境問題、人権問題等、なかなか難しくなってきた。この町長もなにかと島には気を掛けて来たようだが、町にはそれなりに予算等の限界がある。で、県としては今回抜本的調査に乗り出し、予算化しようというわけだな」

「お気づかい痛み入ります。この島の測地は実は何度も試みられてきましたよ。すべて失敗に終わりました。それ以外は、ただの離島です。国でも県でも、政策方針に従ってこの島の未来像を描いていただいたら結構です」シモノクロヒトヒはひどく単調だが筋の通った意見を述べた。これで副知事はやや安心した。話の分かる男ではないか。目つきは鋭いが話しぶりは穏やかなのだ。知性もあり威厳もある。現地調査員等の臨時ポストに付ければもっと使いやすい男になろう。

「なあ主任さん」副知事が後ろに声を掛けた。

「はっ」トモ安とムメ子が同時に寄って来た。

「このかたにふさわしい何かポストはないかね」

「わが県は離島を数十かかえておりますが、その管理は多岐にわたっておりまして、開発、民生、戸籍、税財務、観光各課が個別に処理しておりますので、実際に明瞭な展望はどの課も持ち合わせておりません。したがいまして、思い切って離島課を新設されればずっと今後の展開もスムーズになるかと」

「つまり離島課の嘱託として働いてもらうんだね」トモ安は頷いた。そこへムメ子が口をはさんだ。

「離島という言葉が差別ですわよ。中心地から離れて遠いというなら、離島なみの山間村落は県下にいくらでもあります。ですから、それらを全部ひっくるめて地域振興事業財団を立ちあげて、そこに副様が理事長に収まり、県の煩雑な事務手続きから独立して、民間事業団と一致協力すれば、スーと何でも通ります。公益財団なら見かけもいいですしね」たかが離島の案内人の臨時ポスト話が財団設立に発展するとは思わなかった。すかさず徳斎翁が反論した。

「地域振興事業団やら財団やら、またしてもそこに群がる業者の餌食ですわ。こん島は前から彼らに眼を付けられていますきに、ちことご用心ですわ」

「うん、わたしも巻き込まれるのはご免だ。じゃ、君が理事長になって金融を取りまとめ、上手に按配したらよかろう」案内人のポストそのものも話から消えて、自分たちのポスト問題へと発展してゆく。ムメ子が言う。

「地域振興たら当然県民の声も必要ですわ。わたしらはずいぶんと以前から婦人地域問題懇談会を結成して、生活者環境の格差問題をば取り上げてきましたからに、離島を特別問題地域と認定して、わたしら婦人地域問題懇談会と地域振興財団とがリンクすれば、さしずめ懇談会会長のわたしを財団理事のひとりに張り付ければ、事はなんでもスーですわ」副知事が足を止めたのでみなピタッと歩くのをやめた。すかさずトモ安が大休止の号令を掛けた。

日射しも少しずつ厳しくなる折から、みな思い思いに木立の日陰に入ってビールやらジュースやらを飲みだした。副知事はポケットから手帳を出すと思案気にしばらくペンを走らせていた。

「では、先ほど来の貴重なるご意見を、副知事の立場上まとめてみたので、諸君らは歩きながらでも検討頂き、しかるのちに後日了承願いたい。
地域振興財団（仮名）人事案
理事長　県商工金融協会会長　鏑木徳斎翁殿
副理事長　県商工会議所会頭　内田達朗殿
常任理事　婦人地域問題懇談会会長　古浦ムメ子殿
事務局長　県産業振興会主事　長井二郎殿
監査役　県行政審議会参事　大友卓蔵殿
最高顧問　不肖
以上」

「町長さんのご意見は？　島の直接管理者ですもの」とムメ子が牛麿町長に水を向けた。牛麿町長は、たまたま娘のことを思案していたので「は？」と言って我に返った。ムメ子はキッとなって睨《にら》んだが、牛麿町長は相手にしなかった。
「任期切れ町長では、こん島の将来なんぞもう他人事だわ。せっかく下野黒人《シモノクロヒト》さんの待遇をば相談してるというに」するとシモノクロヒトヒがムメ子の前に立って言った。

「わたしの待遇はご相談頂かなくとも結構。では、先を急ぎましょう」ムメ子は本能的に副知事の方を盗み見た。このシモノクロヒトヒと比べて、あの副知事の貧相な顔立ちはどうだろう。多分、内地では充分通じる立派なご面相だが、この島の主、シモノクロヒトヒの前ではさすがのムメ子にも、まったく色あせて見えた。さらに、そのことがムメ子をしてわずかな動揺を覚えさせた。非常にめずらしいことだが、ムメ子が少女のようにシモノクロヒトヒから目をそらせてうつむいたのである。

ムメ子は次に夫トモ安を見た。そこには見ず知らずの他人がいた。いや他人ではない。同じ世界に生きていると思い込んでいた夫が、消えただけであった。次に徳斎翁を見た。見たのではなく無関心に眺めた。牛麿町長を見た。ムメ子はわずかにこの町長の憔悴した顔に興味を覚えたが、それが娘の失踪ゆえと知っていたから、すぐに興味を失った。そうなのだ、ムメ子はシモノクロヒトヒというアララ島の案内人の中に、無意識にタチイデノスグレを見てしまったのだ。ムメ子はそのことにまったく気づいていず、そのことによって視察団の人間たちがムメ子にとって色あせてしまったことも気づかなかった。彼女は、ゆっくりと正常な精神状態を失いつつ、あってはならないことだが彼女の強靱な自尊心ゆえにかえってシモノクロヒトヒの無言のワナにはまったのだった。ムメ子はヒステリーを起こしてシモノクロヒトヒを指差して叫んだ。

「副様、この男があたしを、あたしをあざ笑っている！」そして副知事が何事かとシモノクロヒトヒを見た瞬間、ムメ子が狂ったようにシモノクロヒトヒに飛びかかっていった。シモノクロヒトヒは、それを軽くかわした。ムメ子がもんどり打って倒れると視察団は大騒ぎとなった。まさに炎暑のなせるわざかと思われたが、シモノクロヒトヒは優しくムメ子を抱き起こすと騒ぎを制して言った。

「暑さのせいではありません。すでにアララに入っているのです。ですからここから、わたしはタチイデノスグレとなります」

「下野《しもの》さんでも舘井《たちい》さんでもよいが、こういう失態は実に困る。今後気を付けたまえ」と副知事が吐き捨てるように言った。ムメ子は何事もなかったかのように立っていた。

この小さな事件は実に暗示的だった。いや、暗示的と捉えたのは牛麿町長ひとりだった。

ムメ子がタチイデノスグレの眩惑にいとも簡単にひっかかる様をまのあたりにして、

この島で娘の希和の身に何が起こったか直観したのだ。ムメ子の比ではない。希和こそアララに完璧なまでに取り込まれたに違いなかった。ならば自分は父としてそのことをこの目で確かめねばなるまい。命ある限り何処までもタチイデノスグレに付いて行かねばなるまい。

タチイデノスグレに物怖じしないのは源白和尚だけだった。

「離島あまたある中で、まこと保護を必要としているんは、こん島をおいてほかにない。だが、こん島を社会保護するだけなれば財団法人など要るはずもない。ヘタな外郭団体など、かえって足を引っ張りよるわいの。したに、こん島の文化保護責任者は県でも町でもないわ。こん島の精神文化の保護たら、県や町にはできん。やはりそれは白神大社別宮じゃわ。ところで、この大社別宮が古来より持っておる島太夫の組織たら、ほぼ形骸化された時代遅れの遺物じゃわ。これでは現代のアララは守れんのだわ。わしと、こん島の主《ぬし》たるタチイデノスグレとが、じっくり話し合ってみる必要があるわ」

トモ安は、ムメ子の変貌ですっかり元気をなくしていたが、それでも話に入ろうとした。

「善証寺さん、こん炎天下でご苦労さんでございます。なんですか、財団だの別宮だのと難しいお話ですが、こん小さな離島ひとつ、県の開発企画課で充分ですよ。開発企画ちゅうは、たいへん広いキャパシティーを持っておりますきに、民生も人権もなんでもこなすんですわ。それに事によっては国がらみともなりますからに、ちょっと宗教法人では、いかがなものでしょうね」この炎天下、しゃべるだけでも大抵ではないから、皆ろくに返事もしなかった。さらに、峠への登り道に差し掛かってから眺望がまったく開けない。あたりは夕暮れのように薄暗くなり、その高温多湿と足に絡みつく草や枝によって、負傷者の一団は目に見えて先頭から遅れ始めた。ことにムメ子はやや言動に異常をきたし始め、トモ安は怯えて彼女を引きずってゆきタチイデノスグレに押し付け、自分は一団の最後尾に隠れてしまった。そのトモ安に肩を借りる気でいた副知事は、精も根も尽き果てて二度目の大休止の号令をかけた。そこは折悪しく横になることすら出来ない鬱蒼たる湿地帯であったが、みなずぶ濡れ覚悟で木の根方に倒れ掛かった。

だが、源白和尚は元気だった。山岳修行で鍛えたせいか顔色も艶やかに、全身やる気に満ち満ちていた。それがかえって一行の反発と憎しみをかった。まず副知事の神経が切れて、身を小さくしていたトモ安が犠牲になった。

「主任さんよ、いったいこれは、どういうこっちゃ。県の視察たら黒塗りセダンで随行員をばズラリと随えての、れっきとした公式行事じゃないのかね。ましてや、こんな離島僻地なればなおのこと、わしのような立場の人間が来訪するとなれば、先遣隊が充分な下調べをして一切視察団に迷惑かけんようにするものを、見てみや、この泥まみれ汗まみれのシャツやズボンを。これじゃあまるで沼から這い出したヒキガエルの群れだわい。こりゃ企画主任の命とりの失態だわ。さらには思い出したくもない昨夜の歓迎会たら、床板《ゆか》底抜けの大転落。体中に生傷負って危うく命落とすところだったわい。だいたいからして、わけの分からん神主やら坊主やらまとわりついて、さらには地元漁師の女房の魚臭い臨時芸者がさんざんに飲み食いしての大狂乱。もしもこんな島に脈無きときは、主任の首は遥か海の彼方へ飛ぶぞ」

源白和尚はニヤニヤ笑いながら上半身裸になって汗を拭った。

「副知事よ、あんたの腹は読めた。やはり島開発の利権だわな」そこへ牛麿町長も寄ってきて、副知事の前にしゃがみこみ、ねっちりと意見開陳した。

「なあ、副知事さん。どうもこのたびの視察渡航は少々県の御威光をかさにきた野暮ったいものになりそうですな。このアララ島は、あなたが考えるところの最後の秘境なんぞではありませんよ。むしろ最も高い志《こころざし》を持った人間たちの島です。残念ながら、それは現代社会には受け入れられないということだけです。いま皆さんがこんなにご苦労して視察なさるのは、その彼らの志の高さに圧倒されている証拠なんですよ。目に見えないアララの意志にね。われら内地の愚民は、ここでしこたま泥水かぶって、そのことを身に染みて実体験するんですわ。それがアララのほんとうの視察というもんですわ」

源白和尚は腹を抱えて笑った。トモ安も急に変わった風向きに元気づいて言った。

「わたしら下級管理職は、県と市町村との板ばさみですよ。なにせ地方自治法は、国から市町村への直接の下達一件ですら、県の監督権を明記しよるから、両方の利益誘導にひっぱられての右往左往ですわ。両方の顔色見ての神経消耗職ですわ」

「よっしゃ！」源白和尚はやにわに立ち上がると副知事を指差して言った。

「諸悪の根源はこいつだわ。ここで、こやつの首絞めてから、マクラトリ峠に晒《さら》しもしようぞ」源白和尚は副知事の首をむんずと鷲づかみにして、湿地の泥に押し倒した。副知事はそれでも死力を尽くして逃れようともがいたが、視察団一行は誰ひとり副知事をこの窮地から救い出そうとする者はなかった。薄笑いしている者すらあった。

「なに、誤って峠の崖をば足滑らせての転落死、と主任さんよ、届けておきゃよかろう」

まさか殺されはしまいが副知事はあらん限りにヒーヒーともがき叫んだ。

「まあ、待ちなさい」タチイデノスグレが仲裁にはいった。バカバカしくて見ていられないのだ。一同、副知事から離れた。見るも無残な県高級役人が泥の中でうごめいていた。

「せっかくの初視察が、これでは台無しです。ここはわたしに任せてください」一同異存はなかった。だいいち、この案内人無くしてマクラトリ峠到達はむろんのこと、アララからも出られないのである。

おそまつな下剋上劇が終わって、副知事はすっかり意気消沈してしまった。昨夜の宴会場で見せた隙のない目をした酒豪の風格はどこにもない。彼はムメ子と同じく消え入るばかりの存在となって、再び峠目指して一行の尻に付いてヨタヨタと歩き始めた。

目指すマクラトリ峠の石碑には「見よ旅人よ、ここがマクラトリ峠である」とあるはずだったが、これら敗残兵の淀んだ目に、いったい何が見えるというのだろうか。

25　峠に立つ

高温多湿地獄を命からがら這い登って、視察団がマクラトリ峠にたどり着いたのは昼少し回った頃だった。峠からの眺望の余りの美しさ雄大さに、さすがにみな息をのんで立ち尽くした。

四方を紺碧の海が取り囲み、遥かゲソ浦のあたりは虹色に霞んでいた。後方を眺めれば、森林はカガミ池とおぼしきあたりに向かっていち度はなだれ落ち、再び山々の重畳《ちょうじょう》たる折り重なりに沿って立ち上がり、アララ島の脊梁を形成していた。そのあいだを恐らくはササラサ川が岩走り、トトリコ溪谷に瀬音を響かせているに違いなかった。かくも清澄な気高い風景を視察団の誰が想像しえただろう。しかし彼らの驚きと沈黙は、そう長く続かなかった。副知事が、この島の眺望によって俄然、息を吹き返したのである。

「こん島はええ。開発企画課の予備調査報告は、なんとお粗末なことか。マクラトリ峠に立たずして何がアララ島調査じゃ。こいゃ凄い島だわ。国際リゾートに耐えうる、いや世界自然遺産のぶっち切りだわ。主任、地図！」トモ安は間髪を入れずにリュックから地図を取り出した。それはアララ島全図ではあったが、かなり粗略なものだった。粗略ではあったが、こうして島の実景と照らし合わせると、それは生き生きとしたものとなった。

「主任さんよ、開発企画のほうではどう踏んでいるんだね」トモ安は地図を指差しながら久々の自分の出番に顔を輝かせて説明した。

「このゲソ浦にへばり付くゴミのような民家を排除しまして、リゾートホテル群の観光基地といたします。さらにはこんマクラトリ峠に大展望テーマパークを設け、ここを中心として全島周遊のスカイラインをば網羅いたします。カガミ池を巡る林の中に、分譲別荘群を点在させ、長期滞在型リゾートコテイジなんども設けます。さて、ササラサ川は人跡未踏の溪流釣り好適地ですからキャンプ場、貸バンガローを開設、トトリコ溪谷にはトレッキングのための自然遊歩道を開き、あの雄大なコチサミダレの滝を折り返し点といたします。ただ……これだけの開発となりますと、国、県、市町村まるがかえでのプロジェクトとなり……」トモ安が言わんとすることを副知事はすぐに察した。

「そうだな、国交省にいちど顔を出すか」

峠の眺望をひととおり堪能すると、炎天下でもあり視察団一行は山小屋へ入って昼食をとることとなった。そこは希和が、トリトビノウミヤマから差し入れられたサンドイッチを食べた小屋だった。牛麿町長は、娘もまたここで休息したであろうことを思って、痕跡を探すようにあたりを眺めまわした。

中央のテーブルに地図が広げられ、昼食をとりながら自由に意見を交わすこととなった。

「さて」副知事が口火を切った。「こうして視察団も無事マクラトリ峠に到着とあいなり、それぞれの立場で意見をば交わしてくいやい。その前に、われらをここまで案内いただいた案内人さんに感謝の拍手」一同パラパラと気のない拍手。しかし拍手によって穏やかな連帯意識も生じ、また高原のここちよい風もあいまって、腹もふくれつつあり、ここまでの難行苦行仲間の美しい友情も生まれ、なんだか薄気味悪い和《わ》気《き》藹々《あいあい》のムードとなった。

「時に、町長さんもこの時期に任期満了とは残念ですな。アララ島は牛麿町政の一枚看板でしたからに、こう開発の機運漲《みなぎ》る昨今、残念ですわ」

「今回の視察たら、副知事さんの人徳にばかり甘えて、お恥ずかしい限りですわぃ。なにせ、小さな町のこぎたない会議室では埒明《らちあ》かんものを、こうしてめでたく現地視察にこぎつけたは、重ねてめでたいことですわ」

「こうした私心のない一致協力体制こそ地方自治の原則ですな」

「私心のない自己犠牲といえば聞こえは良いが、結局は指導者の力量ですわ」

「となると、今わらわれがこうして、この峠の小屋で会議するは、歴史的事件といえる訳じゃなかろうですか。ここから、アララの新しい歴史が始まるのですよ」歯の浮くような互いの牽制《けんせい》があり、具体的には何ひとつ意見が出ない。そこへ、タチイデノスグレの発言があった。

「陽のあるうちにゲソ地区まで戻るには、そう長くはここに留まれませんよ」

「では、きちとした論議は宿に帰っての、はたまた役所に帰っての課題として、今こうしての島の視察現場にあってはザックリとした感想など交わしあおうかい。ま、わしが名ざしで行くとして、まずは奥浜君」

「言うまでもなく、町長としては開発反対の立場ですが、今回は町長としてではなくプライベートにて来ておりますから、最後にひと言だけ申すことにいたします」

「了解した。では財界代表の鏑木徳斎君」

「あらかじめ開発企画主任より、開発の業者割はうかがっておりますが、大筋賛成ですわ。まずそんなことより、こん島は特別保護地区に指定されておりますからに、まずはその指定をはずすべく県の環境保護条例の兼ね合いを睨みつつ、われら古座江の三元老が力を尽くすと、こう考えております」

「もっともだ。善証寺源白君」

「わしは開発には条件付き賛成だわ。なに、根本は反対なのだが、こん島の特殊性を鑑《かんが》み、絶対反対とは言い切らんのだ。こん島の特殊性とは何ぞや？　ただに自然遺産だけではない。なにより神仏を含む精神界の聖地ということじゃ。したにただ聖地とあがめても、誰が今日そのことを知っておろう。せえぜえ古座江の年寄りどもの茶飲み話だわいの。そこで、こん島の開発による精神の荒廃を防がねばならんよ。それが条件じゃ。精神荒廃を防ぐには、コチサミダレの滝には白神大社の奥宮とわが善証寺の奥ノ院を設け、滝修行のツアーを募ること。カガミ池別荘地には宿坊を設け、精進潔斎のレシピを揃えること。マクラトリ峠の小屋に隣接して番外札所の設置。ゲソ地区のリゾートホテル売店にはお守りお札などの神仏グッズを揃えること。これでアララ島全島にわたって聖域施設が整うわけじゃ」

「さすが役人には出せぬ意見じゃわ。県の一職員としての忌憚《きたん》のない意見を主任」

「業者割を元老衆にご賛同頂きましたからには、わたしとしましてはあとひとつ。こん島の名前をなんとかせにゃならんということです。アララではいかにも子供じみてむさい。アララホテル、マクラトリ饅頭、ササラサ煎餅などなど、むさい。伝説の島ということでニューレジェンド島とし、ゲソのホテル街はシーフロントプラザ、マクラトリ峠はオーシャンビューポイント、カガミ池別荘地はシャインレイクゾーン、トトリコ溪谷一帯はリバーサイドロード、コチサミダレの滝はグランドレインボーフォールと替えましたら垢ぬけすると考えます」

「うーん、なんだか横文字だらけじゃな」するとムメ子が名指しされないのに発言した。

「そこですよ副様。リゾート文字はみな横ですわ。ホテル街のシーフロントプラザには例えばホテル・シャングリル・ゲソート、ロイヤル・ゲソート・プリンセ、オーシャン・ギャラクシー・ヒル、インタープラザ・リーゼント。どうしても横ですわ」

「たしかに急に垢ぬけるわ」しかし副知事はなんとなく不快そうだった。トモ安が駄目押しすべく言い足した。

「ではこうしましょう。アララ島開発事業団立ち上げまでの審議機関として、ニューレジェンド計画機構を組織し、その最高責任者を副知事兼任とし、ニューレジェンド・チーフ・エグゼクティブ・プロデューサー（NL・CEP）とすれば、副知事の副の字が取れます。文字をタテからヨコにするだけで副といういまいましい文字がとれるという仕掛けですわ」副知事はなおさら不快そうに「副はあくまで副だわ」と吐き捨てるように言った。

ムメ子がチラリとタチイデノスグレに怯えたような目をやって言った。

「あたくしったら、今初めてこんマクラトリ峠に立ちもし、目がくらむほどに感動したですよ。スグレ様のご意向を察するには、恥ずかしながら欲まみれの方たちには身を引いていただくほか、ございませんわ。あたくしなんぞ身の程知らずにレディを越えた言動もし、スグレ様には嫌われ軽蔑されたんではないかと、心細くも穴に入っておりますよ。スグレ様の深いご思慮に気づかされ、今となっては小娘のように慎み悶えてもおりますよ。スグレ様の……」

「もうよいよ」副知事がうんざりして制した。こんな山奥で何を寝ぼけておるか。

結局約束通り牛麿町長が最後に発言した。

「みなさん、峠の石碑を読まれましたな。見よ旅人よ、ここがマクラトリ峠である、と。何と誇りに満ちた言葉でしょうか。アララ島の歴史は千年の屈辱の歴史です。その屈辱の歴史の中でかくも素晴らしい誇りを持つに至ったんです。わたしどもはアラランびとではない。しかしアララがあることによって救われもしてきたんです。よくよく思い至ってください。ここが特別保護区なのは、アララびとがわたしども内地人と違う特別な人間だからじゃない。ここが弱者でありながら弱者として完全なる自治の王国を築いてきたからです。弱者の王国とは何ですか？　おさな子のように無垢な王国ということです。無垢ゆえに弱い、脆《もろ》い、拙《つたな》い。そしてわたしたちも弱く脆く拙い無垢の幼児期を経て、強引で我欲に固まった小賢しい大人になってしまっているのです。むろん、綺麗ごとですむほど現実は甘くない。だからこそアララは今日苦しみの渦中に投げ出されているのです。わたくしはこの島が必ずしも秘境だと思わない。むしろ開発の名のもとにアララが生き延びる方策こそわれわれが考えるべきです。しかしその開発の開き発展させるべき内容が問題なのです。やり方が問題なのですよ。国から自治体への二重三重の利権がからむやり方が問題なのです。そこでわたしの提案はマクラトリ峠以南には絶対に手を付けない。これに尽きるのです。わたしの娘が子供心の浅はかさからトトリコ溪谷奥深く入り込んでしまっているようです。そこで、わたしは娘を呼び戻しがてらトトリコ谷からコチサミダレまでこれから行こうと思います。諸君らはここから先はわたしの報告を待つことにして、どうか速やかにゲソ地区へ引き返してください」不機嫌な副知事は一層の渋面を作って言った。

「君、抜け駆けはいかんよ。君がこん島については県より先に目をつけていたことは承知しておるよ。娘を探す？　そりゃ君、娘をだしにしての計略じゃないのかね。どうも君のやり方は協調性がない。独断専行だわ。だが県を無視しちゃいかんよ。だいいちにゲソ地区になんの魅力がある。アララ島の魅力はアララ地区の秘境ではないか。このわが国最後の秘境こそ国民的財産だわ。県はその国民財産を保護管理する義務がある。そんためにはこん島が今まで通りの野放しでもいかんし、島民だけの楽天地であってもいかんのだ。君、分かるね、視察団の最重要課題というものが」不思議なことに、牛麿町長は特に反論しなかった。副知事は皆の拍手を受けて、ようやく不機嫌を解いて顔をほころばせた。

「ところで舘野さん、案内人としてまたアララびととして、あなたの忌憚ないお意見をうかがいたいが」自信たっぷりに副知事が訊いた。

「わたしなんぞは島の百姓で、スーパーの店長に過ぎません。ただこの島は、その坊さんがおっしゃったような聖地でも何でもありません。またわが国最後の秘境でもない。また国民的自然遺産でもないですよ。それは皆さんが、この貧しい離島を高く評価して頂いてる証拠ですが、余りに実状と違い過ぎます。開発とか利権とか、とんだ見込み違いにならないよう、お願いします。ただ、わたしどもアララとしては、みなさんがこの島を開発しようが潰そうが、何も反対はいたしませんよ」そう言って、タチイデノスグレは片頰で薄く笑った。牛麿町長が「本当に開発路線でもいいのかね」と念を押すと、タチイデノスグレはやや改まって言った。

「皆さんは、この島にアララびとが何人住んでいるかご存知か？　十人か、十万人か。いや、アララびとは人間なのか、化け物なのか。そう、皆さん方はそれほどまでにアララに対して無知でおられる。つまりアララびとなど最初から皆さんの視野に入っていない。視野に入っていないわれわれに、賛成も反対もないでしょう。皆さん方にとって、アララとは幻想なのです」

「たとえアララが幻想でもアララ島開発は現実だ。君たちは確実に滅びる」と牛麿町長が悲痛な声で言うと、タチイデノスグレがまた片頰で薄く笑った。

「あなたがたにとって、アララはとっくに滅んでいるのです」

「しかしゲソ地区にだってちゃんとアララびとがいるじゃないか」

「わたしもふくめ、あれらはアララの影ですよ。マクラトリノタロはろくに口もけない。トリトビノウミヤマは鳥の剝製をいまだに一羽も完成できない。カガミノカゼヒメラは物乞い女です。この島に本物のアララなどもういやしませんよ」牛麿町長はやや落胆ぎみに言った。

「君ほどの男が、そこまで言い切るとはな」牛麿町長が声を落とすと、トモ安が副知事に結論を促した。

「こうも早く、アララの代表から開発への賛同を頂くとは思ってもみなかった快挙ですわ。視察団の何よりの土産《みやげ》です。ところで主任、そうと決まったら善は急げだ、県庁に帰ったら開発企画主任から二階級飛び上がって、アララ島振興課長だ」トモ安は課長という言葉にわが耳を疑った。しかし喜んでばかりもいられない、課長ともなれば次期古座江町長との綿密な擦り合わせも必要となろう。

「されば副知事。次期古座江町長にはどなたをお考えでしょうか」

「古座江町長？　そんなの誰でもよいよ。こん島の開発たら国と県の専権事項だわ。君も忙しくなるから古座江町長など細君になってもらったらどうだ」これにはムメ子がキッとなった。誰が古座江町などの地方行政にかかずらおうか。国と県との巨大プロジェクトの地域振興財団の常任理事の方が遥かに利権に近いに決まっているではないか。

「副様、あたくしは既に地域振興財団の役員に内定しておりますのよ」

「ああそうだった、じゃ町長と財団常任理事を兼任したまえ」この華やかな副知事の言葉は、トモ安のアララ振興課長という新管理職の名をいっぺんで色褪せたものにした。

タチイデノスグレが言った。

「いかがでしょう、アララ島開発路線もほぼ決まり、またみなさんがアララ地区にさしたる関心がおありでないなら、いまさら危険を冒してこの先に進むより、いったん内地にお帰りになって、担当事務方を再派遣するということでは」みな、この先の身の危険という言葉に顔を見合わせた。そしてただちに帰還という無言の合意がなされた。

「ふむ。では舘野君の進言を受け入れ、誠に遺憾だがここは慎重を期してとりあえずゲソ地区まで後退し、方針をば練り直すということとする」再びタチイデノスグレの先導によって一同ゲソ地区への帰還と決まった。牛麿町長のみ独りで奥地へ進むこととなった。

「ところでカガミ池からササラサ川を遡《さかのぼ》り、トトリコ溪谷へは今からどれほどの行程ですかな」

「三、四日でしょう」こともなげにタチイデノスグレは答えた。

「え？　そんなに！　そんなに困難なのかね……」

「行程はさほどではありませんよ。困難なのは道らしき道がない、ということです」

「そんなバカな。視察団だって、場合によっては奥地へ行くべしだったのだ。たとえ君の先導がなくともそれなりの道はあるのだろう」

「視察ならそれなりの道はありますよ。しかしあなたは娘さんを探しにゆかれるのだ。それは視察ではないですよ」

「いったい、どういうことだ」

「娘さんを探すということは、あなたがアララの意志に反するということです。だから道はない」

「アララの意志とは何だね」

「希和さんがキワタチノヒメラになるということです」そう言うとタチイデノスグレは一同を引き連れてマクラトリ峠から下って行った。

26　カガミ池の訣別

牛麿がカガミ池にたどり着いたのは、陽も暮れかけのころだった。

池畔の樹木はあるいは枯れ、あるいは萎《しお》れうなだれていた。牛麿はこの風景をどこかで見たような気がしたから、驚愕するほどではなかったが、ここがアララへの入り口なのだと確信した。

アララへの入り口とは、アカナイワムロノヒトヒの世界への入り口でもある。アララの王の意志が全域に漲《みなぎ》る領域の入り口でもある。しかし、恐れと緊張とともに、何かしら懐かしさが込み上げてくるのも事実だった。ここは死の世界への入り口ではなかろうか、とふと思った。何処か見覚えのある死の世界の入り口とは何であろうか。

牛麿は息を殺してゆっくりと池の周囲を歩いた。生き物の気配はなく、水面はヘドロにおおわれ、そしてこころなしかさざ波だっているように見えた。

上空はすでに薄紫に滲みはじめ、数条の鰯雲が鈍い輝きを帯びて南から東へと落ちかかっていた。

しかし、水面《みなも》には空の色も雲の姿も映ってはいなかった。トトリコ谷へ至る山並みも重苦しい深緑に沈みかかっていたが、それらの威容も映ってはいなかった。

そのとき、牛麿は、妻の沙都が言った「希和は、アララの大切な姫御子です」という言葉を思い出した。なんということだ。その言葉を聞いて落ち込んだあの深い孤独の世界こそ、いま目前に展開する死の世界、死の池そのものではないか。得体のしれぬ懐かしさとはアララへの懐かしさへも通じていたのか。アララの姫が希和であり、奥浜の姫は沙都であり、そしてタチイデノスグレが言ったようにアカナイワムロノヒトヒを奉じるアララの源流が奥浜家であるなら、この島とこの島の不可解に隠蔽された世界と、そして死の世界への入り口として現実に目前に横たわるカガミ池と……そうだ、これらは牛麿がまったく意識せずに深く関わってきた世界でもあったのだ。ならば、自分が古座江に流れ着き、奥浜の養子となり、町長となり、希和を養女に迎え、希和がこの島に渡ることを許し、なおその行方《ゆくえ》を追って島へやって来たいまの自分の運命もまたアララの、いやアカナイワムロノヒトヒの意志ではなかったのか。

ここで初めて、牛麿は全身に戦慄を覚えた。

先ほどまで言葉を交わしていたタチイデノスグレとは何者なのか。

内地の人間にとってアララは確かに異境である。だがそれも、たとえば沖縄の古老の言葉が理解できぬとか、アイヌの風俗習慣がものめずらしいとか、その範囲の理解で済ませていた。しかし、アララはそれとはまったく違う次元で捉えねば何ひとつ分からないのだった。アララ島は行政的には県に属し、県は古座江町にその管理を委託している。したがってその気さえあれば、内地人はいつでもアララ島を訪問出来るのが筋であった。だが、現実には古座江の白神大社別宮の島太夫組織によって厳しく規制されていた。何故かはすでに何度か取り上げたが、結局のところ、アララは現実には存在しないあるいは存在しえない仮想の世界とみなさねば、了解できないのだった。了解できないならガラス板に錆釘で書いたメルヘンとでもしなければなるまい。仮想か幻想か、いずれにしても牛麿の現実的思考はすでにアララによって侵犯され始めていた。

誰が、何を、どうしようとしているのだろうか。呪詛《じゅそ》やまやかしなら、まだしも話が早いのだった。娘も妻も自分も巻き込まれているがゆえに、こうしてここに、この忌まわしい池に、いま自分が立っているのではないか。

「確かに、お送りして来ましたよ」背後の声に振り向くと、なんとタチイデノスグレが立っていた。ゲソ地区へ皆を送りまた引き返して来たにしては恐ろしく短時間である。人間わざではない。

「確かにゲソ地区へ、人間の世界へお戻ししておきました。皆さん大変喜んでおられましたよ。それにしても……」タチイデノスグレはやや言い淀んで、それから薄く笑って言い足した。「あのかたたちの生命の在り方は曖昧で、虚空《こくう》を意味なく浮遊し、魅力に乏しいようですね。なぜかわたしには、それがとても可笑《おか》しい……」

「君は何を言っているんだ。かれら善良な町民に、何か悪戯《いたずら》したんじゃないだろうね」タチイデノスグレは今度は声をあげて笑った。「何もしやしませんよ。むしろ何かされてもあのひとたちは気づきません。それで、無自覚のまま一生愉快に暮らせるのです」

「君はいったい何者なんだね」

「そう言うあなたこそは何者ですかな。カガミ池に立ち、この死の世界に立ち至った者。心が騒ぎたち不安と孤独に苦しむ者。生と死の狭間《はざま》で息もできずに立ち往生している者。アララを畏《おそ》れ、それゆえにアララを仮想と幻覚に押しやろうとする者。沙都さんや希和さんを血肉の内に感じ取れぬ者。アララオ・アララメクことの出来ぬ者。アララの中にいながら、無限にアララから遠ざかる者。それが奥浜牛麿さんですかな」

牛麿は何も答えずにじっと池を見ていた。すると今度はタチイデノスグレの声がカガミ池の底から立ちのぼってきた。

「あなたはもう、ここまでです。ひとりこの島を去りなさい」その声はタチイデノスグレそのものではなく、まるでタチイデノスグレの声を真似しているかのようだった。池の底からの声。それは何かのカラクリだろうが、牛麿は地面に落ちていた枯れ枝を拾うと、やにわに池の水面をバシッと打った。

するとと驚いたことに、池の水面は膨れ上がり、激しい笑い声のようなしぶき音をたてて上空に向かって渦巻きあがった。そして、かつて障害児を神の子としてアララ島へ送るとき、氏神祭司が古浦の波打ち際で言うミコトノリ「三度くだらく、アララオ・アララメ・安座本座の位に就かする、ことごとくアララの島に集《つど》いたまえ」という言葉がタチイデノスグレの口からほとばしり出た。

池の水は一滴残らず空中に飛散し果てた。そして水が干上がったその底に、蠟人形のように白く凝固した屍《しかばね》が現れた。

「あっ！」牛麿は余りの驚きにその場にしゃがみ込んでしまった。それは紛れも無く希和の変わり果てた姿だった。

「希和！」牛麿はそのまま池の底に転げ落ちると、希和の屍を両の手にしっかりと抱きしめて、肩を震わせて号泣した。

時がたった。

陽は落ち、漆黒の闇夜の池の底から、牛麿は希和の屍を抱いて這い上がって来た。もうタチイデノスグレの姿はなかった。

長い夜が始まっていた。夜は永遠に明けないかのような深さで、希和を抱きしめる牛麿の背中にのしかかっていた。

（ええねん。どうせうち、貰いっ子のハグレっ子やもん）と言って屈託なく笑う希和が思い出された。

（古座江のまち、なんやしんきくさいねんね。牛磨って変な名やし。この家《うち》かて古臭いわぁ。学っこのせんせも、釣りしてはるみたいにのんびりしゃべりはるし、友だちかてそや。黒板に字ぃ書きながらポリポリおしり掻いてはるわ。駅員さんも、おまわりさんもあさってのほ向いて、い眠ってはるわ。なんや、うちも眠となるわ）

（希和は前の学校じゃ、いち番気が利いてはしこかったそうだな。こん町が眠となるんは仕方ないな）

（ちゃうねん。はしこないねん。ほんとはうち、なんも夢ないねん。そやから目の前のもんどんどん片づけて、そいでしまいやねん。勉きょなら勉きょ、さっさと片づけて。そいでしまいやねん。その先の夢あらへん。そやからとおさんが、うち貰いに来はったとき、あっそって、それだけやねん）

（じゃ、奥浜の家に来てからも何も夢なかったんかい）

（そやね、夢なしっ子が夢ありっ子なったんは、やっぱ、アララやわ。かあさんからアララの話まい晩聞いて、うち、目が覚めたわ）

愛くるしい目をパチパチさせて喋る希和を眺めるのが、牛麿夫婦の何よりの喜びだった。しかし沙都は、その喜びの背後に違う思いを持っていたのだろう。娘を、夏休みにアララへやるということは、沙都にとってだけは、違う思いだったのだ。しかし、沙都は、希和の母たる沙都は、ここまで覚悟できていたのだろうか。この恐るべき事態を覚悟していたのか。そうではあるまい。アララにおけるこの非道の仕打ちは、内地の人間ならば誰ひとり予測だにできないものだ。

（希和は、かあさんからアララの話を聞いて、どんな夢見たんだい）

（アララって、なにもかも謎やもん。そこがええわ。うちのほんまのとおさんかあさんが誰かも謎やし。アララに行けば、ほんまの謎の子になれるやろ。そやからうち、行くねん）

（じゃ、毎とし休みには行くんかい）

（そやなぁ、わからへんけど。そやけどやっぱ行くやろな。島の分校に転校できたらいいんやけどな）

（そら駄目だわ。本校でしっかり勉強せにゃ）

（そやろなぁ、そやろなぁ）

希和は、このアララで命を終えるために生まれてきたのだ。そして、希和本人がそのことを望んだのだろう。そう考えねばやりきれなかった。さもなくばこの島を焼き尽くし、アララを、希和の命を取ったアカナイワムロノヒトヒ一族を滅亡させてやりたいという狂暴な怒りを抑えることができなかった。希和が望んだのだと考えなければ。

牛麿は希和のむくろに話しかけた。

「希和、これでいいんだな？　おまえはアカナイワムロノヒトヒの花嫁になるんだな？　そう望んだんだな？」

こころなしか、希和の首がかすかに頷《うなず》いたようにも見えた。平和な満ち足りた死顔だった。

激しい疲労のために、牛麿は希和を抱いたまま眠りに落ちた。しかし朝へと続く眠りのなかで、牛麿は希和のむくろも取り落とし希和の成長と未来を見届ける親の喜びも失ったのだった。

翌朝、牛麿は鳥たちのさえずり声で目を覚ました。なんとカガミ池は満々と水をたたえ、木々はまばゆいばかりに青葉に輝いていた。草木の一本一本が朝露にキラキラ光っていた。

牛麿はうろたえた。希和の死は幻覚だったのだろうか。見ると、ひと晩中抱きしめていた希和の姿がない。何処をどう探しても痕跡すらなかった。

ああついに、希和はアララへ入ったな！　と牛麿は直感した。希和はアララに受け入れられた。そしていま、本当の希和との訣別の時に至ったと知った。牛麿の体の中から、みるみる喜びの波が湧きあがってきた。それはかつて体験したことのない真実の喜びだった。

希和の命が、まったく違う力と魅惑と真実に輝いていた。生命ではない。「命」なのだった。牛麿はひざまずき、清らかに澄んだカガミ池の水を掬い飲んだ。水は牛麿の何億という細胞を喜ばせ、血と肉を震わせた。

「タチイデノスグレ！」と牛麿は呟いた。この手品のカラクリを知るためにどれほどの犠牲があったのだ？　いや、これは手品でもカラクリでもない。われわれこそが私利私欲がらみの手品とカラクリに腐心してきたのだ。空しい犠牲を強いてきたのだ。

牛麿はしっかりとした足取りでカガミ池を離れ、マクラトリ峠、ゲソ浦そして内地へと向かう道を歩き出した。

もう一度、牛麿はカガミ池を振り返った。

「さよなら、希和。真実の世界で幸福に暮らせ！」その訣別の言葉は風の中へ消えて行った。

27　終章　滅亡の島

日の出の最初の新しい光がコチサミダレの滝に射しかかった瞬間、アオミネヌレヒトヒはすかさずそれを両の手でつかみ、サッと滝筋に向かって放射した。コチサミダレの滝はまばゆいばかりに金糸銀糸の光を放った。やがて、アオミネヌレヒトヒは滝を駆け上がりながらそれらの無数の糸を両の手の指を以って素早く梳《す》き始めた。たちまちにして滝筋は乱れを整え、あたかも少女の髪の毛のようにしなやかに垂れ流れた。アオミネヌレヒトヒ。彼はタチイデノスグレに逆らい、水風船のように踏み潰されてのちに、その傷を癒すべくしばらくはササラサ川の流れに身を任せていた。

全身にわたる液漏れと傷口が化膿することによってきたした皮膚の濁りを、アオミネヌレヒトヒはただただ川面《かわも》に漂うことによってしか癒すすべがなかったが、ここコチサミダレの地に至って、彼は滝筋に新鮮な光を塗っては磨きあげるのを日課としていた。それがかえって体の回復には良かったのだ。内からこみあげる使命感がアカナイワムロノヒトヒへのごく自然な恭順とはなっていた。卑屈なのではない。底抜けに素直な彼の心映えが秘境コチサミダレに溶け込んだに過ぎなかった。

(ぼくをこそ責《せ》めたタチイデノスグレは真実正しかったたい。だって、タチイデノスグレは千年のアララの願いをただひとり守ってきたんだい。なのにぼくは、魂だけの漂いとして、あの屈強なタチイデノスグレになじめず、彼を怒らせてしまったようだい。ぼくは、トトリコ溪谷の青峰のササラサ川のせせらぎのひとなのに、裏切りのアララとして刻印され、こうしてコチサミダレの滝を磨く身にはなったんだい。ああ涙すると、この滝の音もが、ぼくをなおさら慰め、遠く遥けくぼくのひ弱な青さを心地よくゆさぶるんだい。もうまもなく、アカナイワムロノヒトヒの出現が、幽境の翳《かげ》りとなってコチサミダレに溢れると、ぼくは彼の首筋に浮かぶ透明な肌の青さとなって地上から消えてゆくんだい)

風がフッと滝壺をかすめた。カガミノカゼヒメラは、滝筋を梳る《くしけず》アオミネヌレヒトヒの青い髪に頬ずりし、やがて滝の頂きに弱々しく立ち登った。

アララの掟を破って無断でこのコチサミダレに吹き込んだカガミノカゼヒメラもまた、カガミ池を失い、今は滝壺から立ちのぼるぼんやりとした冷気に過ぎなかった。

（これで良かったのかもしれないね。キワがカガミ池で命を失い、キワタチノヒメラとなってよみがえったのは、はなから約束されたことだったんだからさ。アカナイワムロノヒトヒが何を考えていようと、もうあたしたちにはどうすることも出来やしないのだもの）

コチサミダレの滝は、密集した樹林におおわれ、ササラサの河原からはわずかにしかその姿を見せていなかった。しかも滝壺は日がな一日、水煙に煙っていたし、暗い冥府のごときおぞましさに包まれてもいた。

その滝壺からササラサ川の両岸を数々の洞窟が見え隠れしていた。これらはかつてアララたちが身を潜めた住居群なのであった。今でこそアララたちは島のあちこちにそれぞれ住居を構えて平和に暮らしていたが、秋祭にだけはみなここに集まって先祖の苦渋の日々を追憶する習わしだった。年にいち度だけ彼らはこのコチサミダレに集まることを許されていた。この聖地はだからこそ、日頃は立ち入りを許されないのだった。
だが、カガミノカゼヒメラは知っていた。今年の秋祭は例年のものではないことを。いや、アララの正当な血筋の者たちはすべて、そのことを知っていたのだ。アカナイワムロノヒトヒによって意志され、タチイデノスグレによって周到に準備され、カワタレノユウサリによって仕切られたアララ最期の儀式の日の近いことを、アカナイワムロノヒトヒが内地の娘希和をキワタチノヒメラとして秋祭の日に娶るのは、見せかけのことなのだと。

現在のアララたちは、もはやアカナイワムロノヒトヒの何たるかをほとんど知ってはいなかった。彼を誰ひとり見た者もなく、アララの象徴として語り伝えてきたに過ぎなかった。しかしアカナイワムロノヒトヒは確実に居るとアララたちの血と肉は了解していた。見たことはなくとも、アララびとであるとは、自らがアカナイワムロノヒトヒのそれぞれの分身であると了解していたのだ。

トリトビノウミヤマも焼けただれたような翼を引きずりして木の間隠れに日を送っていた。彼は鳥の王としてアララの空を翔け巡るあの雄姿をもはや失い、ムササビのように枝から枝へとせわしなく飛び移るだけの、囚われの孤独者だった。

（わたしはいまや、この身を焼き尽くされてコチサミダレのあたりの枝枝をさまようだけの者とはなった。アララの空にわたしの雄姿を刻印することもなくなった。しかしわたしは、奥浜の姫御子希和がキワタチノヒメラとなった今も、こうしてコチサミダレの滝のそこここに身を転じ、つぶさに事態を見据え、あくまでもアララの鳥の王として真実ならんとしているのだ。わたしはすべてのアララから忘却された鳥の王である。このようにアカナイワムロノヒトトヒの儀式が、罪もない内地の娘を犠牲にしてのカモフラージュを企《たくら》むことに、最大限の疑問を持っているのだが、いかんせん、この期《ご》に及んでなすすべもない。わたしはただ、見るだけのひととなった。わたしはただ、忘却の果てから見守るだけのひととなった。わたしはただ、あの心映えのすがしい娘を追慕するだけのひととなった）

カガミノカゼヒメラもアオミネヌレヒトヒもそしてこのトリトビノウミヤマも、希和と関わることによって、すべてを失いコチサミダレに囚われていた。彼らはアララでありながら、いや真実のアララであったればこそ、内地のいたいけない小娘の運命に心を痛め、そのすがしい心映えを護《まも》ろうとしたのだった。だが、タチイデノスグレがそこに立ちはだかった。

彼は、希和のアラヘのささやかな好奇心をハガネのような運命の糸に仕立て上げたのだった。それは喪身失命《そうしんしつみょう》という徹底したハガネであった。それは希和の誕生から死へ、そして死から蘇生へとまっすぐに貫くハガネであった。その不可解で残忍な眩惑は、牛糜のような内地人はもとよりアララたちにも許容しがたいものだった。不可解・矛盾・残忍・眩惑。これらがそのままアララの終末としてコチサミダレの滝に集約されていった。この抗しがたい強靭な意志を、仮に「アカナイワムロノヒトヒ」と名付けるのだ。それ以外、どのような解釈がありえたろうか。

思えば古座江町長選や、県と町との島開発にまつわる茶番劇とて、このアララ島を終末へと導くための、アカナイワムロノヒトヒの筋書きなのだと言えるのだった。もういちど思い出して欲しい。アララびととは、千年の永きにわたって内地から送られ続けた「神の子」たちのことであった。彼らは独自の世界をこの島に築き、ついには人間の肉体を突き破って魂のみの世界を現出させ、そしてもはやその世界がカゲロウのように消え失せるべき時に至ったということなのだった。

アララが消えるべき時とは、生身の肉体を持ち、その肉体への執着からあらゆる欲望を発散させるわれわれ人間が、アララを忘却する時である。あくなき頭脳の開発がその情報網を駆使して地球を窒息させ、もはや無条件の「愛」が凋落してゆく時である。それは同時に、アカナイワムロノヒトヒ、タチイデノスグレ、トリトビノウミヤマ、カガミノカゼヒメラ、アオミネヌレヒトヒといったアララたちを、われわれが絵空事だと笑い捨てる時である。何がそうさせるかは、なんぴとも言えない。ただひとつ言えることは、「アカナイワムロノヒトヒ」の意志が、われわれの都合とは無関係に最初から、千年前のアララ誕生時からあったのだということである。

ところで娘を失った牛麿は、その意志をどこまで理解していたろうか。牛麿は何らかの答えを出していたのだろうか。すくなくともアカナイワムロノヒトヒは自らの意志を牛麿に啓示していた。それは希和の額にあった「聖痕（スティグマ）」である。だがこの聖痕は、アカナイワムロノヒトヒ一族の源流が奥浜家であるとか、その奥浜に養女に来た希和がアララ島へ渡航したいきさつなどとは無関係である。なぜなら「聖痕」とは、今日では人間によって忘却された、ごまかしようのない命の透明度のことなのだから。それは命を生きるものが、命を終えるまでの間に失う透明度のことである。だからこそ、命を終えるまでその透明度を一瞬たりとも失わない魂の集団をアララびとというのである。牛麿は、希和を失って、そのことに気づいたのだ。そのことによってのみ、希和の死を受け入れたのだ。
だからアカナイワムロノヒトヒはアララ島住民としては実在しえない。そのことがこの物語の核心であり、またアカナイワムロノヒトヒの在り方なのだ。

カワタレノユウサリは、この時期にはイワムロと呼ばれる滝壺裏の洞《ほら》から頻繁に姿を見せ始めていた。アララの最古老カワタレノユウサリは鼻水を絶えずすすり上げ、鎧《よろい》のように全身にシワをまとった恐ろしいばかりの老いぼれだったが、太い葛《かずら》の枝を杖として渓流の岩場を軽々と渡り歩いた。そして時折、鋭いワシのような目でトトリコ渓谷からコチサミダレにわたって睨《にら》み回し、頷《うなず》き、鼻水をしゃくり、そして歯抜けた口をわずかに開けて何事か呟《つぶや》いた。

「そこな小僧はアオミネヌレヒトトヒではないか」そう言うとカワタレノユウサリは、渓流の淵に身を沈めていたアオミネヌレヒトトヒを杖の先でヒョイと掬《すく》い上げると、そのまま河原の石に放り出した。アオミネヌレヒトトヒはもんどり打って倒れた。
「おぬしは余程にお人好しじゃの。さればさ、ここなあたりは間もなく秋祭に酔いしれるものを、なにさま瞑想なんどに耽《ふけ》りおるかいや」とカラカラ笑って、カワタレノユウサリは立ち去ろうとした。その裾《すそ》をつかんでアオミネヌレヒトヒは訊いた。

「キワタチノヒメラは何処にいるんだい」

カワタレノユウサリは裾を払うと、アオミネヌレヒトヒを杖で再び掬い上げ、中空高くクルクルと回した。

「いやさ、おぬしは余程にことをわきまえぬ小僧だわの」そのまま彼は川の中へ放り出された。流れながら、アオミネヌレヒトヒは叫んだ。

「カワタレノユウサリ！　キワタチノヒメラはイワムロの中に囚われたのかい！」


カワタレノユウサリ翁がコチサミダレの滝に戻りかけたとき、滝壺の中からカガミノカゼヒメラの手がヌッと出て翁の足首をつかんだ。

よろけると思いきや、翁は激しく回転してその手を引きちぎった。カガミノカゼヒメラの手を足首に付けたまま、カワタレノユウサリは滝壺めがけて杖を刺し込んだ。それはカガミノカゼヒメラの胴を貫いた。ギャッという声とともに彼女の姿は滝壺に沈んだ。

「悪戯《いたずら》が過ぎるほどに、風の身でありながら深手をおったわいの。そこなカゼヒメラ、浮かび出ませい」
カガミノカゼヒメラは水煙とともに立ち昇り、うねり揺らいだ。

「まったく乱暴なジジイだね、おまえは。アカナイワムロノヒトヒの腰巾着《こしぎんちゃく》が、よくもここまでアララを食い物にしてくれたじゃないか。それだけじゃないよ。おまえはもう、とことん生き抜いたんだからいい加減に引っ込んだらどうなんだい。あたしだって物の道理はわきまえてんだよ。この島はおまえみたいにたいそう老いぼれたからね。この島だってそろそろ潮時だよ。だからって、おまえがこうも乱暴に仕切るんじゃあ、身も蓋も無いじゃないか」

「カゼヒメラよ。おぬしはカガミ池にその居場所を定め、カガミノカゼヒメラと称しておるが、ときおりはゲソ地区に物乞いなんどして、コジキノカゼヒメラだわいの。したにもう、おぬしこそ身の引きどきじゃ。ただに風になれよかし。それのほかに、カゼヒメラの誇りを保つ道はない」

カガミノカゼヒメラはふと溜息をついて言った。

「それにしてもアカナイワムロノヒトヒの存念が読めないね」

「あっは、存念じゃと。これらのことどもは成行きに過ぎん。ただにアララの原始、この大空《だいくう》がごときカラッポなるアララの原始に戻るまで」

「それは正しいことなんかい？」

「いやさ、ただに弾《はず》みというものさ」


カワタレノユウサリはトリトビノウミヤマの所へもふらり立ち寄った。何事につけても飄々《ひょうひょう》たる気まぐれさが古老たるゆえんである。

「おいやトリトビノウミヤマ」トリトビノウミヤマがスルスルと樹間から降りてきた。その姿たるや、まるで火事で焼け出された半死半生のボロ加減だった。

「したに、おぬしはよくぞここまで落ちぶれたもんだわ。焼け出された鳥の王よ」

「何ほどのことだろうかね、このおれの落ちぶれなどは。とはいえ感謝すらくは、あなたほどの古老がわざわざ声をかけてくれ、安息と慰めの時を与えてくれるとは。ああ実にもって良い生涯だったではないか！　鳥の王としてこの島にわが滑空の雄姿をほしいままにし、翼は風を切って自由のあからさまを飲み干し、果てはアララのもっとも高貴なる時代に記憶されるとは！」

「なに、それほどおのれに酔いしれんでもよいわいな。たかが島ひとつの在りようよ。宇宙全天の取り沙汰ではないわいな。おぬしからしてが、ボロ鳥一羽の墜落に過ぎん。トリトビの、醒めてこそ夢と知れる。このおいぼれは、たまさかアララの夕映えにその名をちなんだカワタレノユウサリじゃ。はれほれ、ありゃこりゃ、生も死もカワタレノユウサリじゃ」その瞬間、トリトビノウミヤマは彼が生涯の居場所と定めたビロージュの枝に絡め捕らわれ、密林の暗黒深くかき消えていったのだった。

「されば、式を打つ時には至ったようじゃ」カワタレノユウサリはひとり呟くと鼻水をしゃくり、芝居気たっぷりに滝壺の裏、イワムロの洞《ほら》に入って行ったのだった。そしてここに、アララとアララを取り巻くすべてのひとたちの物語は幕を下ろしたことになる。カワタレノユウサリがイワムロの洞に消えたことによって、われわれはもはや、アララの運命と関われなくなったのである。

最後に残るのは、アカナイワムロノヒトヒの意志による秋祭の儀式を、出来るだけ正確な記述によってここに書きとどめる作業のみとなった。だが実はそれが最も困難な作業なのだ。何故というに、その儀式は記述を許さぬほどに瞬時に終わったのであり、あえてそれを記述するならば、その内容は限りなく真実から遠ざかるたぐいのものである。

それはよいとして、ここまできたからには、真実から限りなく遠のくことを恐れずに、このメルヘンの終章を記述したいと思う。しかしそれがどれほど馬鹿げたことかは、なんぴとも確言することは出来ない。何故ならこの儀式は「永遠」という瞬時に行われたのだから。


落日のアララ島は、いつになく不気味な朱に染まっていた。時間が急速に収縮し、それがためにすべての風景も縮みこんだ。

いち度縮んだ風景は、その反動として激しく膨張し、渦巻きながら散乱した。

コチサミダレの滝は滝壺から滝口へと遡《さかのぼ》り、ササラサ川は下流から上流へと逆流し、トトリコ溪谷は錐《きり》もみしながら崩壊した。

ときあたかも、島のあちこちから火の手が上がった。タチイデノスグレが恐るべき素速さで島内を巡り火をかけたのだった。その紅蓮の炎はコチサミダレに向かって狂乱の暴徒となって押し寄せてきた。

天空を覆《おお》う落日の壮大な炎と、アララ島の森林を舐め尽くす山火事の炎熱地獄とが、互いに渦巻きもつれして、島の水源たるコチサミダレに向かってなだれこもうとしていた。

これがアララ最期の祭だった。滅びを祭るアカナイワムロノヒトヒの意志であった。その炎に包まれたコチサミダレの滝壺の岩場に、カワタレノユウサリが仁王立ちに立ちはだかった。

カワタレノユウサリは葛《かずら》の杖を、赤く焼けた空に突き上げると、ゆっくりと円相を描いて重々しく唱えた。

「荒魂《あらたま》の行いまするを、やれ、アララの魂《たま》の式王子、アカナイワムロノヒトヒは呪《じゅ》詛《そ》となりまする。されば天上に呼ばわり、招び来たらすは今のこの滅びの逆巻《さかま》き、アララメ・アララオ、今ぞアララメクはこそ」

滝壺の裏から「式を打て！」という少年の声がした。その声は滝の音を貫いて、崩壊したトトリコ渓谷に響き渡った。

「式を打ちまする」と言うと、カワタレノユウサリは河原の岩場の上でヒラリと空転した。と、彼は驚くべきことにあの長身蒼白なタチイデノスグレに転身した。

コチサミダレの滝の上空に一羽のミズナギドリが飛来した。

「憑依《ひょうい》せられ！」とタチイデノスグレは言い、中空のミズナギドリを強靱な眼光によって射落とすと、「今ぞミテグラへ行け！」と命じた。するとミズナギドリは再び飛び上がるとコチサミダレの滝壺に墜ちて行った。

滝壺の裏からまた少年の声が響いた。

「ミテグラは満ちた。風に乗せてわれを呼べ！」

タチイデノスグレは耳まで裂けるほどに口を開けて何か叫ぶと、トリトビノウミヤマ、カガミノカゼヒメラ、アオミネヌレヒトヒ、カワタレノユウサリほかあらゆるアラびとに転身しながら滝壺に向かって言った。「アララオ、アララメ、アララメケ！」

時すでに紅蓮の炎はコチサミダレを完全に包みおおせていた。余りの炎熱が滝の水を瞬時に蒸発させたとき、滝壺裏のイワムロの洞が初めてあからさまになった。

そこに、腰まで白髪を垂らした異様なまでに美しい少年が立っていた。いや、少年とも言えない。その顔は少女のようにも見えた。

タチイデノスグレは静かにアカナイワムロノヒトヒの膝元に身を屈して言った。

「ああ、キワタチノヒメラ……」

この世で最も静かな時が流れた。その静寂はアララ島がついに焼け滅びる寸前の、その奇蹟の時を永遠にするためのものであった。

白髪の少年は渓谷に響きわたる明るい声で「アララメ、アララオ、アララメク……」と繰り返し唱えながら、タチイデノスグレを従えて燃え盛る炎の中へ悠然と消えていった。

アララは消滅し、永遠に安らいだ。

（その夏、アララ島では落雷による山火事があった。猛火が島内の森林のほとんどを焼き尽くしたにもかかわらず、ひとりの焼死者も報告されなかったのは不幸中の幸いであった。だがアララ島開発計画はこの山火事によって、文字通り灰燼に帰したのである）

後記

この作品は、わたしが大学在学中のある夏、下宿先から深川図書館へ行く途中、コカコーラ・ボトリング倉庫の前を通りかかったとき、突如「トリトビノウミヤマ！」という声が天空から降って来て、わたしは大急ぎで下宿に引き返し、怒濤の如く押し寄せる登場人物たちと戦いながら、その年いっぱいで書き上げた物語である。その後すぐにわたしは出家してしまい、物語原稿は忘れ去られた。

大徳寺での修行が終わり、相国寺山内の養源院の住職となってから十年ぶりに、シャープのワードプロセッサー「書院」を使って鉛筆原稿を原稿用紙スタイルで活字化し、そのままになった。

それを、二〇一五年にマイクロソフトのワープロで横書きスタイルに移し替え、一部名詞等の変更をした。すなわち四十年以上前の執筆であるため多々用語等変更を余儀なくされたのである（建設省を国交省など）。

内容と文体はほぼ初稿通りだが、長い歳月を経て考えが変わった文章がわずかながらあり、何か所か改めた。

一九七四年　作／二〇一六年　改稿

平塚景堂

平塚景堂（ひらつか・けいどう）

一九四九年（昭和二十四年）東京生まれ

東京藝術大学美術学部卒　京都大徳寺専門道場で禅修行　大本山相国寺塔頭養源院住職就任　銀閣寺執事長を経て現在承天閣美術館館長

「文学歴」

戯曲「さすらい枯野抄」大阪近鉄アート館にて上演　詩集「静かな夜の記録」（編集工房ノア）詩集「オリヴィエ追想」（書肆山田）詩集「夜想の旅人」（銅林社）　エッセイ「内なる風景へ（禅の現在型をさぐる）」（禅文化研究所）

「絵画歴」

京都「ギャラリーマロニエ」にて毎年日本画個展　フランス日本年に作品出品　イタリアミラノにて個展　フォーシーズンホテル東京（椿山荘）にて個展

「作曲歴」

武井作曲賞受賞　ピアノ曲集「ＢＵＳＯＮ」パリ・ルデュック社より楽譜出版　リヨン国立音楽院の招聘により渡仏作品リサイタル　ピアノ五重奏曲「スペクトラム」ウイーンピアノ五重奏団により初演　ピアノ曲集「夢のわかれ」パリ世界初演　アメリカ公使公邸にて作品リサイタル

アララ
二〇一七年二月一日発行
著　者　平塚景堂
発行者　涸沢純平
発行所　株式会社編集工房ノア
〒五三一―〇〇七一
大阪市北区中津三―一七―五
電話〇六（六三七三）三六四一
FAX〇六（六三七三）三六四二
振替〇〇九四〇―七―三〇六四五七
組版　株式会社四国写研
印刷製本　亜細亜印刷株式会社

ISBN978-4-89271-265-4